U0023032

喬峯的人生哲學

周錫山◆著

武俠人生叢書序

全世界華人的共通語言——金庸武俠小說，世代不再只是文字想像，它早已幻爲千百個化身：漫畫、電玩、電視劇、電影、布袋戲……，不管是本尊抑或是分身，銷售率與收視率都相當可觀，儼然成爲一個新世紀的流行文化標記。

就出版的角度來看，從金庸武俠小說所延伸出來的各種議題，皆競相成爲出版的賣點，如金庸武俠小說世界中的愛情、武功、醫術、文化、藝術……，都能受到讀者的歡迎，男女老少皆宜；當然，我們尙列了古龍、溫瑞安等武林名家筆下的各知名小說人物供讀者玩賞、品味。

生智文化事業有限公司的相關企業「揚智文化事業股份有限公司」原有近三十本的「中國人生叢書」，擁有穩定的讀者群，在這樣的基礎上，生智文化特推出「武俠人生」系列叢書，爲求接續「中國人生叢書」的熱潮，一秉初衷，繼續爲讀者服務。

本系列叢書係以武俠小說主角人物爲主，一人一書；爲延續「中國人生叢書」的主題內容風格，「武俠人生」叢書乃以小說人物的「人生哲學」爲主軸，期能提供讀者不同的切入點，品評小說人物的恩怨情仇，惟寫法類似一般著名人物的評傳。同樣的小說，不一樣的閱讀方式，帶來的絕對是另一種新的樂趣。生智文化事業希望您可以在「武俠人生」裡盡情涵泳，在武俠小說與人生哲學之間來去自如，逐步打通任督二脈，使您的功力大增，屆時您將可盡情享受不那麼一般的人生況味！

誠所謂「快意任平生」！本系列叢書深論武俠人物的愛恨情仇等「人生哲學」，作者筆下可謂是感性、理性兼具，在這新世紀的流行文化出版潮流裡，爲男女老少消費群們，提供一個嚼之有味、回味再三的讀物。

生智編輯部　謹誌

自序

金庸的武俠小說雅俗共賞，在藝術上取得極高的成就，筆者已有〈論金庸小說是二十世紀中國和世界文學的領先之作〉一文（收入《華山論劍—名人名家讀金庸》一書，由台北生智文化事業公司和世紀集團上海書店出版社一九九九年出版）略作闡發。金庸武俠小說之所以在藝術上取得極高的成就，其主要原因之一是具有豐富的文化內涵和深刻的人生哲理。因而「武林誌之書」將以金庸小說為重點，兼及其他名家的武俠小說，分別梳理武俠小說名著中著名俠客的人生道路、人生經驗和教訓，幫助一般讀者讀深、讀透原著，理解書中大俠的人生追求，其出眾行為和獨特心理的形成、發展過程，從而使自己明白不少處世做人的道理，懂得即使面對艱難的人世、複雜的社會、惡劣的生存環境，也要用樂觀、堅忍、努力向上的精神，發憤圖強，自強不息，不管最終成功還是失敗，以踏實的腳步，走自己的人生之路。對於社會正義和高尚品德，持認同、嚮往的態度。

金庸武俠小說的豐富文化內涵，包括中國的儒道佛三家鼎立和互補的哲學、倫理、人生觀，和西方的自由、平等、民主、博愛觀，妙在不作空洞、生硬的說教，而是將中西文化的精華天衣無縫地融合在人物描寫和情節發展之中。此外，作爲武俠小說，最重要的是將中國傳統文化中的氣學與武學相結合，用現實主義和理想主義完美結合的創作手法，寫出氣學與武學的博大精深，氣學武功的巨大威力和理想境界。這是金庸小說超越中外古今其他武俠小說名家名作的獨特的輝煌成就，因此筆者於拙著「文學名著比較研究叢書」之一《神秘與浪漫——文學名著中的氣功與特異功能》（百花洲文藝出版社，一九九九年版）中編「現代名著新論」專列一章〈金庸武俠小說：氣功武學的經典〉略作闡發，指出其在氣功武學描寫方面所取得的卓特成就中的四個具體方面：⑴武打的魅力，天才作家的出色藝術創造；⑵神功和絕技，天才想像和可能實有之結合；⑶祕笈之威力，世代智慧的結晶和練武之捷徑；⑷悟性和哲學，學武和武學的根本。本書中介紹的喬峯，是金庸小說所描寫的武功最高的人物之一，而其高超武功的表現，實都符合氣功學的原理，並非向壁虛構，只是經過典型化的藝術處理，作者理想化的描寫。「理想化」的實質不是說喬峯的武功是無人能達到的，而是說氣功道行高的修行者追求默默無聞，絕不會進入江湖，爭強求勝，更不能殺人見血，橫行人世。

正因金庸武俠小說擁有豐富的文化內涵，在人物刻劃、情節設計、描寫手段諸方面取得很高的藝術成就，故而已進入大學講堂。如嚴家炎先生在北京大學給中文系開設「金庸小說研究」；李宗爲先生在華東理工大學開設「金庸小說鑑賞」等修選課；杭州大學（現與浙江大學合併）於一九九七年建立金庸學術研究中心並召開盛大的學術研討會；繼台灣和香港的大學舉辦武俠和金庸的研討會之後，美國科羅拉多大學於一九九八年五月舉行「金庸小說與二十世紀中國文學」國際學術研討會。金庸的家鄉海寧市於一九九六年成立金庸學術研究會，已組織學術研討會兩次，出版《金庸研究》四期，出版學術論文集兩種。在這樣濃厚的學術氣氛之中，本書也奉獻讀金之一得，並提供一些新觀點，供金庸小說的愛者和研究者參考，筆調則儘量通俗，以便青年讀者也能看懂。

目錄

性情篇 029

感情篇 055

處事篇　221

人生觀篇

評語

附錄　喬峯大事紀表

喬峯的人生哲學

開場白

金庸小說的傑出成就和喬峯形象的特殊地位

金庸武俠小說以其雅俗共賞、博大精深的卓特成就，吸引著中外各種文化層次的讀者。《紅樓夢》研究家、中國《紅樓夢》學會會長馮其庸先生認爲：「金庸是當代第一流的大小說家，他的出現，是中國小說史上的奇峰突起，他的作品，將永遠是我們民族的一份精神財富！」（《金庸筆下的一百零八將》〈序〉，浙江文藝出版社一九九二年版）誠爲確評。與中外古今的眾多小說巨著一樣，金庸小說的人物和情節描寫也具有廣調的歷史、社會背景，故而日本京都大學人文科學研究所金文京教授曾著文指出：「金庸小說與眾不同，可以作爲日本人研究中國歷史的最佳課外讀物。」（海寧金庸研究會會長王敬三〈中國大陸金庸武俠小說研究淺述〉，《金庸研究》創刊號，頁一〇六）我認爲，對於中國讀者，此言也是頗爲適用的。因爲金庸小說中最重要的幾部巨著中的人物和故事，都放在宋元明清四朝中宋遼、西夏對峙、宋金、蒙元對峙和明清之交等漢族面臨存亡的危難時期和中國歷史的轉折關口。金庸善於描寫歷史和時代背景，並在宏大歷史和時代背景的籠罩下，將漢族與異族統治者的矛盾、民間和封建專制體系的官方的矛盾、江湖正道和邪惡勢力的矛盾交織起來，將英雄人物安置於民族危難時刻，置於以上三組矛盾交匯的焦點之上，描繪其波瀾起伏、惊心動魄的人生道路，錘煉其性格，拷打其靈魂，從而提煉出富於啓示意義的人生哲學，給讀者極大的藝術享受，也給讀者很大的道德教育。

《天龍八部》中的喬峯（蕭峯）便是金庸這樣精心刻劃的一個傑出藝術形象。

金庸自己也說過：「在我所寫的這許多男性人物中，胡斐、喬峯、楊過、郭靖、令狐沖這幾個是我比較特別喜歡的。」（《飛狐外傳》〈後記〉）這幾個人物也確是讀者和學者特別喜歡的，看來金庸的創作效果得到大家的認同。

在金庸的小說中，喬峯（蕭峯）是一個非常特殊的人物：其一，作爲金庸筆下的重要英雄人物兼一代大俠，他是唯一少數民族人士，是金元以後業已消亡今已不存的契丹人；其二，他以死亡告終，與其他各書的英雄主角不同；其三，他有兩個姓，既姓喬，又姓蕭。在小說中，他先姓喬，後來他瞭解到此乃漢族養父之姓，自己實爲契丹蕭姓之後裔，出於個人和民族的自尊心，他恢復生父的原姓。本書根據小說原文的安排，在引述原文和原書情節時，或稱喬峯，或稱蕭峯；本書在評論時則據約定俗成，一律稱作喬峯，以維持行文的統一。

《天龍八部》的佛學根基和喬峯一生的歷史背景

除了《射鵰英雄傳》、《神鵰俠侶》、《倚天屠龍記》這部系列性的三部曲之外，《天龍八部》和《鹿鼎記》是並列的兩部篇幅最大的長篇小說，有五冊之多。論者公認《天龍八部》和《笑傲江湖》、《鹿鼎記》，在思想上和藝術上尤勝於金庸的其他小說，代表著金庸所達到的最高成就。金庸學貫中西，博大精深；在中學方面，儒道佛三家兼容並蓄，毫無偏廢。但在寫作中，每部巨著所依仗的哲學根基則顯在全面繼承的同時也有側重。相對來說，《笑傲江湖》的思想根基在道，《天龍八部》的思想根基在佛，《鹿鼎記》的思想根基在西方。誠如陳世驤先生所言：《天龍八部》「書中的人物情節，可謂無人不冤，有情皆孽」，「供出這樣一個可憐芸芸眾生的世界」，「這樣的人物情節和世界，背後籠罩著佛法的無邊大超脫，時而透露出來。」又讚美《天龍八部》「細至博弈醫術，上而惻隱佛理，破孽化痴，俱納入性格描寫與故事結構，必亦宜於此處見其技巧之玲瓏，及景界之深，胸懷之大。」（《天龍八部》附錄〈陳世驤先生書函〉）

佛學是一門博大精深、探討宇宙和人生的終極指歸的學問。自公元紀元前後佛教傳入中國至唐宋，中國學者用一千年的時間譯、學佛經，終於將印度佛學的整座寶庫移入中國，並將佛學吸納、演變為中國的學問，形成中國傳統文化儒道佛三家鼎立和互補的宏偉格局。佛教文化對中國文化和文學的影響極大極深，筆者已有〈論印度佛教文化對中國文學的全面滲透和巨大影響〉一文（一九九五，上海，「中國文化與世界」第二屆國際學術研討會論文，刊《中國文化與世界》第五輯）論述，茲不展開。《天龍八部》受佛學影響很大，本書在梳理喬峯人生道路和分析喬峯人生哲學時，簡要闡發有關的佛學內容，將筆者的粗淺理解，提供給讀者參考。

《天龍八部》共有三位主角，依出場次序排列，是段譽、喬峯、虛竹三人。其時代背景按正史來說是北宋時期，但中國當時的版圖有宋、遼、西夏、大理、吐蕃和女眞，凡六個地區。作者讓書中人物的足跡幾近遍及中華全境，實乃別出心裁。具體到喬峯來說，他自嬰兒時至壯年，皆在宋朝的北方成長、生活，後曾遊歷江南，北上西夏和女眞、遼國。其出生不久和後期生涯，皆不由自主地捲入至漢與契丹的民族矛盾乃至宋遼戰事。金庸從一個獨特的視角和新穎的觀點，結合喬峯的命運，描寫兩個民族的紛爭。由於《天龍八部》和《射鵰英雄傳》等皆涉及遼、金、蒙元戰事，陳世驤先生因而連類設譬，聯想到金庸小說，「其精英之出，可與元劇之異軍突起相比。既表天才，亦關世運」（《天龍八部》附錄〈陳世驤先生書函〉），極為有見。陳世驤先生又引王國維（靜安）先生評價元劇之名言：「一言以蔽之曰，有意境而已。」眾所周知，王國維先生劃時代的名著《宋元戲曲史》認為元雜劇是與唐詩、宋詞並列的「一代之文學」，元劇之作者實乃「天縱之才」，「彼但摹寫其胸中之感想，與時代之情狀，而眞摯之理，與秀傑之氣，時流露於其間，故足以供史家論世之資者不少」，評價極高。《天龍八部》

所描寫的宋遼矛盾另具一番眞實的意味，爲幫助一般讀者理解原著的深意，筆者不揣淺陋，在感情篇之「國仇家恨之情」中，介紹漢族數千年來北方邊患及其所造成的愛國主義情結，這個深遠背景，結合自己的讀史體驗，提供一得之見，供讀者參考，請學者指教。

作爲《天龍八部》最重要主角的大俠喬峯

《天龍八部》作爲金庸小說的高峰之作和武俠小說的經典之作，前已言及，主角有三人之多。其中段譽縱貫全書，虛竹異峰突起，他們皆以喜劇告終，堪稱圓滿；而其中最重要的主角，無疑是喬峯。喬峯在英雄林立的金庸小說中屬於卓異特立、感天動地之翹楚，即英雄中的英雄。其品德之高尚、胸懷之寬廣、感情之深厚，識見之明澈、武藝之精湛、才華之出眾，和膽魄之雄奇，皆罕有倫比。惜因「儼有釋迦、基督擔荷人類罪惡之意」（借用王國維語），只能以自身的毀滅，維護天地之正義。作者悲天憫人之意，莫此爲甚。

金庸本人也認爲喬峯是《天龍八部》最重要的人物，他曾向採訪者談到：「……後來寫《天龍八部》又不同，那是先構思了幾個主要的人物，再把故事配上去。我主要想寫喬峯這樣一個人物，再寫另外一個與喬峯互相對稱的段譽，一個剛性，一個柔性，這兩個性格相異的男人。」（林以亮、王敬羲、陸離〈金庸訪問記〉，《金庸研究》第二期，頁一九〇）又說：「在我自己所創造的人物裡面，我比較喜歡楊過、喬峯兩個人物，對他們的同情心最大。」（同上，頁一九六）喬峯這個人物形象在《天龍八部》和整個金庸小說中的份量，便由此可見。

金庸認爲：「在小說裡面，總是人物比較重要。」（同上，頁一九〇）他又再三強調：「我認爲文學主要是表達人的感情。文學不是用來講道理的，如果能夠深刻而生動地表達出人的感情，那就是好的文學。」「我認爲文學的功能是用來表達人的感情。」「自己的武俠小說，主要刻劃的就是人的個性、人的情感。」「我如果想寫這些人的話，我只側重於描寫他們的情感、個性，他們之間的相互關係。」「我只是希望寫得眞實，寫得深刻，把一般人都不太常注意到的情感都發掘出來，表現出來。」（杜南發，〈長風萬里撼江湖——與金庸一席談〉，《金庸研究》第二期，頁一八二、一八四）因而本書的重點是第四篇感情篇，其中包括喬峯的愛情、親情、友情、國仇家恨之情、民族大義等等，他的感情世界及其人際關係。前之生平篇、性情篇，實為此章舖墊和服務，後之處事篇乃此章之發展，而人生觀篇則是感情篇之昇華；一個人的人生哲學，感情無疑是其基礎。因此，本書論述的最大篇幅是感情篇，尤其是喬峯的國仇家恨貫穿著他一生之榮辱生死，必須詳細分析來龍去脈，才能體會他那不平凡的經歷和極坎坷的命運。

喬峯的人生哲學

生平篇

喬峯的身世背景：宋、遼和亡燕、大理的三國四方之爭端

喬峯原名蕭峯，出生之時恰逢宋遼爭戰激烈之時。其父蕭遠山是遼國契丹民族的勇士，爲人豪爽，武藝高強。蕭氏爲契丹大姓，蕭遠山出身名貴家族。他忽遇彌天大禍，不幸家破人亡。此因慕容博突施陰謀詭計，使蕭遠山陷入沒頂之災，殃及蕭峯，使之一生陷入悲苦。

原來慕容博的祖宗慕容氏，本乃鮮卑族人。在西晉後期五胡亂華之世（公元三〇四—四三九年），鮮卑慕容氏入侵中原，大振雄風，曾建立前燕、後燕、南燕、西燕等好幾個朝代。其後慕容氏政權爲北魏所滅，子孫散居各地，但世世代代始終存著中興復國的念頭。中經隋唐，慕容氏日漸衰微。到五代（公元九〇七—九六〇年）末年，慕容氏中出了一位武學奇少慕容龍城，創出一套「斗轉星移」的高妙武功，當世無敵，名揚天下。他不忘祖宗遺訓，糾合好漢，意圖「重建大燕」，但宋太祖趙匡胤建立大宋（公元九六〇年），四海清平，人心思治，慕容龍

城無法有所作爲，鬱鬱而終。數代後到慕容博、慕容復父子時，慕容龍城的武功和雄心，也盡數移到他們父子身上。

蕭遠山一日偕妻並攜帶週歲的兒子蕭峯至雁門關附近的外婆家赴宴。此前慕容博假傳音訊，說契丹國有大批武士要來偷襲少林寺，想將寺中秘藏數百年的武功圖譜，一舉奪去。中原豪傑聞訊，極爲焦急，大宋和大理的頂尖武林高手二十一人去雁門關外狙擊，竟誤將蕭遠山認作偷襲少林寺之契丹武士，惡鬥中殺死無辜的蕭妻，遠山與蕭峯父子分離，釀成蕭峯與中原武林的家仇。

蕭氏父子的時代，遼宋對峙，遼強宋弱，遼國常蓄南下滅宋之志。大理是偏居西南的小國，因大宋的屏障而未罹遼的侵凌，因此願助宋抗遼，確保一己的平安。慕容氏父子出於復辟燕國的陰謀，挑撥遼宋關係未成，便挑撥中原武林與蕭遠山、蕭峯父子的關係，並欲致蕭氏全家於死地。因此蕭峯的身世便以宋、遼、大理和亡燕之慕容氏家族三國四方的存亡爭端爲複雜背景，蕭峯的一生皆處於這個複雜爭端的焦點，尤其是漢族與契丹、大宋與遼國的民族爭端和軍事紛爭之中，成爲一位悲劇性的聚焦人物。

嬰兒時的遭際和幼少年時代的機遇

金庸在《天龍八部》第一集書前之〈釋名〉中申明：「本書故事發生於北宋哲宗元祐、紹聖年間，公元一〇九四年前後。」根據書中情節的推算，喬峯出生於三十年前，即公元一〇六四年前後，也即北宋英宗治平一年前後。

喬峯原姓蕭，其父蕭遠山，其母書中未介紹姓名。蕭峯出生於遼國，在週歲不到之時，父母攜他去雁門關附近的外婆家赴宴，沒想到途中遭到二十一名漢人武林高手的襲擊。蕭峯的母親不會武功，當場被殺害；蕭峯此時在他的母親懷抱之中，對方一劍斬斷母親一條手臂時，還是嬰兒的蕭峯便跌下地來。蕭遠山見妻子慘遭殺害，怒極報仇，當場斃敵十七人，嚇昏一人，扔飛一人，踢中二人穴道，然後抱著蕭峯母子屍體跳下深谷。

蕭遠山在墜入深谷的過程中，發現蕭峯未死——原來他從母親懷中摔在地下時，只是閉住了氣；此時一經震盪，醒了過來，登時啼哭出聲——立即將他拋上山峰，投在被點穴道而僵臥山道上的丐幫幫主汪劍通腹上。蕭峯被帶到少林寺，寄養在少室山下農家喬三槐夫婦家中，並改姓爲喬。喬氏夫婦疼愛這個兒子，每逢栥園旁大棗樹棗熟之時，父親總是攜著他的小手，一起擊打棗子。

蕭峯長到七歲之時，在少室山中採粟，遇到野狼。有一位少林寺的僧人將他救下，殺死惡狼，給他治傷；自後每天晚上便來傳他武功，縱然大風大雨，亦從來不停一晚。此人即玄苦大師。

到了十六歲，蕭峯遇上汪幫主，汪幫主又收他作了徒兒。汪幫王初時對他還十分提防，後來見他學武進境既快，爲人慷慨豪俠，待人仁厚，對自己恭謹尊崇，行事又處處合自己心意，漸漸的眞心喜歡喬峯。

喬峯的幼、少年時代，遇上什麼危難，總是逢凶化吉，從來不吃什麼大虧，而許多良機又往往自行送上門來。他本以爲自己福星高照，後來才知有汪幫王等有力人物在暗力扶持。

當上幫主，青年英雄名揚四海

喬峯後來立功愈多，威名愈大，丐幫上上下下一齊歸心，即便是幫外之人，也知丐幫將來的幫主非喬莫屬。但汪幫主因喬峯是契丹人後裔，始終拿不定主意。於是汪幫主試喬峯三大難題，喬峯一一辦到；又等待喬峯連立七大功勞，才安排授其本幫幫主權力的象徵——打狗棒。那年泰山大會，喬峯連創丐幫強敵九人，使丐幫威震天下，汪幫主便無猶豫的餘地，更兼自己年老，必須讓位，方立喬峯爲丐幫幫主。

喬峯接任丐幫幫主之日，是大宋元豐六年（公元一〇八三年）五月初七日。丐幫數百年來，從無第二個幫主之位，如喬峯這般得來艱難。

喬峯出任幫主之後，江湖傳言，都說他行俠仗義，造福於民，處事公允，將丐幫整頓得好生興旺。內情也確如此，喬峯執掌丐幫前後共有八年，自二十三至三十一歲，經過了不少大風大浪，內解紛爭，外抗強敵，自己始終竭力以赴，不存半點私心，丐幫和幫主在江湖上都威名赫赫。

怒辭幫主，陷入冤案才知身世

八年後（公元一〇九一年），丐幫副幫主馬大元於元月被殺，人家都說是慕容復下的毒手。兩個多月後，喬峯來江南姑蘇調查此事，在無錫酒樓上結識段譽義結金蘭。丐幫在無錫城外杏林集會，對付西夏武士的挑釁，誰知幫內發生變亂。

原來幫內徐長老等約來天台山智光大師，請他當眾回憶三十年前二十一名武林高手伏殺契丹來犯武士，誤殺蕭遠山妻、蕭遠山跳崖自殺和蕭峯改姓喬後之成長經過，揭露喬峯原是契丹人的身世秘密。同時約來趙錢孫作證，徐長老又當眾出示帶頭大哥與汪幫主討論是否可將幫主之位傳於契丹血統的書信和汪幫主存放於馬大元處的密封手諭。馬大元遺孀也特來懇求群丐爲夫報仇，暗示喬峯爲盜汪幫主手諭以隱瞞契丹身世而殺人滅口，還出示暗殺者遺漏於凶殺現場的喬峯的折扇。徐長老宣布：一來不能讓馬大元冤沉海底，死不瞑目；二來喬幫主袒護胡人慕容氏；三則，幫主是契丹人一節，幫中知者已眾，變亂已生……丐幫內有許多英雄為喬峯抱不平，堅持擁戴他為幫主。喬峯為避免丐幫分裂內訌並自相殘殺，當場辭去幫主，扔回打狗棒，並宣布須當盡力查明身世眞相和殺害馬副幫主並陷害自己的凶手，飄然離去。

喬峯剛離開，西夏武士即來尋釁，丐幫全部遭擒。喬峯救出陷入西夏武士之手的慕容家丫環阿朱、阿碧，又去救丐幫；找到天寧寺，丐幫已被裝扮成喬峯的阿朱、段譽等人救出，幫眾認識到離開喬峯，丐幫無力禦敵，仍要擁戴喬峯為幫主，喬峯堅辭而去。

喬峯趕到河南少室山，擬向養父母喬三槐和受業恩師玄苦大師瞭解自己的身世來歷之眞相。不意在舊居發現養父母剛被人殺害；在少林寺證道院與玄苦見面，玄苦已被人打成重傷，當場去世。喬峯被誣為殺死養父母、師父之凶手。

喬峯救出被三僧擊成重傷之阿朱後逃離少林寺。

喬峯帶著阿朱獨闖聚賢莊英雄大宴，與群雄惡鬥後被黑衣大漢救出，在山洞養傷二十天。

喬峯傷癒後到雁門關察看父母遭難之處。見宋朝官兵俘獲欺凌契丹男女百姓。又遇傷癒後來此等候他的阿朱。兩人同行南下。

喬峯、阿朱到河南衛輝尋找徐長老，徐長老已被殺死。又找到譚公、譚婆和趙錢孫，三人都不肯吐露眞相，先後自殺。尋到山東泰安，單正被殺，住宅被燒毀。兩人又到天台山止觀寺，智光大師告知他父親的姓名，寫偈後即圓寂。下山途中，喬峯改回本姓，成爲蕭峯。

誤殺阿朱，爲救阿紫輾轉東北

離開止觀寺，蕭峯和阿朱在天台山上定情，決定找過馬夫人後兩人告別江湖，同到塞外過放牧生活。

到河南信陽後，阿朱喬扮白世鏡，向馬夫人問出當年伏擊蕭遠山的帶頭大哥是段正淳。在信陽城客店兩人休息飲酒，蕭峯制止一個瘋漢舞斧鬧事，從瘋漢口中打聽到段正淳在附近小鏡湖畔，便一路尋去。中途路遇阿紫在戲弄段正淳的家臣褚萬里，蕭峯出手相救，段正淳也聞聲出來。原來段正淳奉皇兄之命到中原查察玄悲大師遭人害死的情形，他乘機來此與舊日情人阮星竹鴛夢重溫。他和阮星竹從阿紫肩頭的記號，認出她是他倆遺棄十幾年的親生女兒，阿朱在旁看到，知道自己也是他倆的女兒，但不聲張。此時正巧段延慶尋來，他與大理段氏爭奪皇位，爭鬥多年。於是二段搏殺，段正淳落敗，段延慶正要殺他，被旁觀的蕭峯救出，因為蕭峯要親手殺死段正淳報仇。段延慶大怒，與蕭峯惡戰，被蕭峯打得大敗，南海鱷神怒罵蕭峯，被蕭峯隨手丟入湖中，段延慶等認輸退走。蕭峯約段正淳今夜三更在青石橋上相見。

蕭峯和阿朱借農家煮飯，飯後阿朱勸蕭峯過一年再找段正淳報仇，自己陪蕭峯去塞外放牧，蕭峯不允。阿朱為救生父，喬扮段正淳到青石橋上與蕭峯相會，被蕭峯一掌打死。臨死前她向蕭峯說明救父眞相，蕭峯明白阿朱害怕自己殺段之後難敵向他報仇的大理段氏群雄，救自己解脫此難。阿朱懇求蕭峯照看親妹阿紫後去世。蕭峯去找段正淳，段已帶眾人逃走。蕭峯從牆上條幅的筆跡看出段正淳並非帶頭大哥。

蕭峯埋葬阿朱後，根據阿紫沿路留下的標記，跟蹤到馬幫主家中，追到段正淳，卻發現他正與馬夫人在調情。原來馬夫人康敏也是段正淳舊日情人。馬夫人因段正淳不專情於己，設計縛住他，欲置其死地，對話中馬夫人講出騙喬峯、阿朱，想借喬峯之力殺段正淳的計謀，此時白世鏡入內催她快殺段正淳，卻又走入一人，殺死白世鏡後離去。蕭峯從馬夫人處問知她痛恨自己的原因和她陷害自己的陰謀及其合謀人後，馬夫人受阿紫的爲父報復而死。

蕭峯北去，阿紫硬跟著同去，路遇阿紫的星宿派眾師兄。丁春秋因阿紫偷去神木王鼎不還而派大徒弟摘星子等追蹤及此並欲嚴懲，蕭峯躲在暗處助阿紫鬥敗摘星子，阿紫乘機燒死摘星子。蕭峯繼續北上，阿紫欲隨蕭同去不成，用毒針急射蕭峯，蕭峯在危急中劈開毒針時將阿紫打成重傷。

蕭峯想起阿朱的臨終囑託，原諒阿紫一路上的種種邪惡行爲，爲誤傷阿紫而悔恨交加。於是抱著她急救，因需要大量人參，蕭峯抱著阿紫千里跋涉，來到東北長白山。蕭峯打虎取食，遇到追虎而來的女眞族青年英雄阿骨打，兩人交爲朋友。

蕭峯隨阿骨打到女眞人營盤，用大量野山參給阿紫當食糧，又用內力爲她治傷。數月後，蕭峯與阿骨打等外出打獵，遇到契丹騎兵。契丹人倚多欺少，射殺女眞人，阿骨打等難以逃命，蕭峯出手相救，將契丹紅袍首領擒回。女眞人向契丹首領索要巨額贖金，蕭峯則義釋此人，此人感激萬分，又欽佩蕭峯英雄無敵，與蕭峯義結金蘭而別。

冬去春來，又夏去秋來，阿紫的傷病治癒大半，靜極思動，要蕭峯陪著四處遊走。他們西向進入草原深處，又遇契丹騎士，並見到紅袍義兄耶律洪基，原來他是契丹皇帝，使蕭峯又感驚奇，又覺窘迫。

幫助平亂，蕭峯被封南院大王

蕭峯與遼帝兄弟重逢，正痛飲歡談，京城來報南院大王作亂。蕭峯本要帶阿紫黑夜中不辭而別，見義兄有難，就留下捨命相陪。叛軍五十餘萬北來，將遼帝和蕭峯等團團包圍，遼帝被迫自殺，被蕭峯救下。蕭峯突入萬軍叢中，射殺南院大王，又擒住皇太叔，逼令叛軍投降。遼帝喜出望外，感激已極，封蕭峯爲南院大王，其位僅次於遼帝，是最高之官位。蕭峯堅辭不成，只好帶阿紫南下燕京就職。

蕭峯和阿紫出城打獵，遇見遼兵「打草穀」而歸。蕭峯看到被「打草穀」而俘獲的南朝百姓十分可憐，下令全部釋放。其中一個少年想乘機暗害蕭峯，原來他是聚賢莊主游駒之子游坦之。喬峯在聚賢莊力戰群雄時，游坦之的父親和伯父落敗自殺，故而游坦之前來報仇。

蕭峯釋放游坦之而歸，阿紫卻命遼兵偷偷將游坦之擒回，多般虐待折磨，爲姐夫報仇。游坦之迷戀阿紫美色，逆來順受，馴服萬分，甘受種種折磨。他在蕭峯釋放時，拾到蕭峯無意失落的武學經典《易筋經》，照此練習，又得阿紫神木王鼎之助，練成絕世內功。他南行至中原，路遇丐幫與丁春秋惡鬥，他救出丁春秋及其徒眾，丁春秋殺他未成，將他收爲徒弟。

阿紫無事遊蕩，來到中原，被丁春秋擒獲，又被丁春秋毒瞎雙眼。游坦之救出阿紫，逃離丁春秋魔掌。阿紫已盲，游坦之便自稱莊聚賢，兩人同行。兩人又遇丐幫，全冠清利用游坦之神功，封他爲幫主，自己則操縱幫中事務，又策劃與少林派爭奪中原武林盟主，廣發英雄帖，集天下英雄於少室山，同奉武林新主。

蕭峯聽說阿紫陷身丐幫，爲救阿紫，他向遼帝請假兩個月，南下中原。打聽到阿紫雙目已盲，隨新幫主前赴少林寺，蕭峯帶領燕雲十八騎，飛馳少室山。

少室山上，蕭峯再歷生死大戰

蕭峯上山之時，群雄早已畢聚，阿紫又遭丁春秋生擒，而游坦之已被丁春秋戰敗，當眾出醜。蕭峯上山，氣勢壯偉，群雄聳動。他見丁春秋手中抓住的紫衣少女正是阿紫，又見阿紫雙目無光，瞳仁已毀，又是痛惜，又是憤怒。蕭峯一連三掌「亢龍有悔」，如排山倒海壓向丁春秋，丁春秋奮力自救，只得將阿紫向前急拋，蕭峯救出阿紫，當場將她交給段正淳、阮星竹。

山上群雄有數千之眾，皆因聚賢莊上所結之仇，要殺蕭峯。慕容復打頭挑戰，與丁春秋、游坦之聯手，圍攻蕭峯。段譽、虛竹要與結義兄長蕭峯同生共死，虛竹力戰丁春秋，段譽惡鬥慕容復，蕭峯踢斷游坦之雙腿，慕容復被段譽用六脈神劍殺得醜態畢露，又被蕭峯凌空扔出，羞極自刎，被灰衣僧救出。灰衣僧正要與蕭峯較量，黑衣僧飛身而下，黑、灰兩僧對峙，原來即蕭峯之父蕭遠山和慕容復之父慕容博。此時，虛竹也已戰勝丁春秋。蕭峯、虛竹、段譽三位結義兄弟大獲全勝。

蕭氏、慕容氏父子相認，蕭遠山向蕭峯說明當年被害情景，和自己躲在少林寺三十年偷學武經及殺死喬三槐夫婦、玄苦之原因，又揭出玄慈方丈爲「帶頭大哥」，他與葉二娘私通，生下私生子虛竹，玄慈和葉二娘當場認子並下令杖責自己，杖畢而死。玄慈受杖前又揭出慕容博是當年傳假訊的罪魁禍首。蕭氏父子怒極，找慕容博報仇，經掃地老僧用武力隔開，又用神功擊斃慕容博、蕭遠山，再救活兩人，兩人經生死點悟，化敵爲友，雙雙拜老僧爲師，皆在少林寺修行終老。蕭峯只能與生父依依訣別。

少室山餘波未歇，傳來西夏國王招駙馬佳音。蕭峯陪虛竹、段譽同去西夏後，獨自回遼。虛竹被招爲駙馬，留在西夏。段譽回大理後，繼承帝位。

殺身成仁，蕭峯撲滅宋遼戰焰

蕭峯回遼仍任南院大王。遼帝聞知攝政的大宋太皇太后高氏駕崩，哲宗趙煦少不更事，責令蕭峯率軍先行，攻打趙宋。正在此時，阿紫治好雙目，回到遼國。蕭峯勸遼帝歇戰，反對征宋，危害百姓。見遼帝不允，準備出逃避戰。遼帝和穆貴妃問知阿紫愛戀蕭峯，要促成他倆成婚，又設計擒獲正要逃走的蕭峯，關入鐵籠。阿紫則跳入河中，從水中遁走。

阿紫逃回中原，向丐幫吳長老說起力諫遼帝侵宋被囚，吳長老遍告群雄，會同段譽和大理群雄、虛竹和西夏公主及少林寺僧等，同救蕭峯。阿紫喬裝遼帝說客，混入監中，救出蕭峯。遼兵大舉追擊。阿骨打也率部來救蕭峯，見蕭峯已被中原群雄救出，兩人相聚後，蕭峯應其盛情相邀，願日後再到女眞部中重聚，阿骨打喜極而北返。

蕭峯與群雄自燕京退至雁門關外，遼帝率大軍追來。段譽和虛竹闖入敵陣，於萬騎叢中生擒遼帝，蕭峯逼迫遼帝答允南征作罷，在有生之年中不許遼國一兵一卒侵犯大宋邊界。蕭峯當場又箭插心口，自殺謝罪。

阿紫見蕭峯自殺，萬分痛心，抱起姊夫遺體，此時游坦之尋來，阿紫挖下自己兩顆眼珠，丟還給他。她抱著蕭峯遺體，跌下萬丈深淵。游坦之情急之中，也跳下懸崖，隨阿紫而去。

虛竹、段譽等跪下向谷口拜了幾拜，翻山越嶺，各自回去。段譽等回到大理，於京城外見慕容復流落於此，神智已亂，瘋狂中自以為已復辟為帝。

喬峰的人生哲學

性情篇

宋遼時代的燕趙悲歌慷慨之士

小說中喬峯初次現身，其英姿勃勃的外表和氣質即聲勢奪人，作者巧妙地借段譽的視角來描繪喬峯的外貌器度：

段譽（在松鶴樓上）要了一壺酒，叫跑堂配四色酒菜，倚著樓邊欄杆自斟自飲，驀地裡一股淒涼孤寂之意襲上心頭，忍不住一聲長嘆。

西首座上一條大漢回過頭來，兩道冷電似的目光霍地在他臉上轉了兩轉。段譽見這人身材甚是魁偉，三十來歲年紀，身穿灰色舊布袍，已微有破爛，濃眉大眼，高鼻闊口，一張四方的國字臉，頗有風霜之色，顧盼之際，極有威勢。

段譽心底暗暗喝了聲采：「好一條大漢！這定是燕趙北國的悲歌慷慨之士。不論江南或是大理，都不會有這等人物。……似這條大漢，才稱得上

『英氣勃勃』四字！」

作者描寫其衣著爲「微有破爛」的「灰色舊布袍」，既點出他身在丐幫的衣著特色，實同時暗寫其樸實無華的豪邁性格。

飽讀詩書、學問深湛的段譽對喬峯爲人的感受是「燕趙北國的悲歌慷慨之士」，可謂一語中的。

燕、趙是戰國時期七雄中的北方兩國。燕國在今河北省北部和遼寧西部一帶，趙國占有河北西部、山西北部和河套地區。故而後世稱河北北部和山西北部一帶爲燕趙。韓愈〈送董邵南序〉開首即言：「燕、趙古稱多感慨悲歌之士。」此爲韓文名句，段譽此語顯然化用了韓文的這個名句。

韓愈的名句實據《史記》、《漢書》而來。《漢書》〈地理志〉說：「趙、中山（春秋戰國時的小國，在今河北定縣，公元前二九六年被趙吞滅）地薄人眾，丈夫相聚游戰，悲歌忼慨。」又專指荊軻、高漸離一類的刺客遊俠。《史記》〈刺客列傳〉：「荊軻既至燕，愛燕之狗屠及善擊筑者高漸離。荊軻嗜酒，日與狗屠及高漸離飲於燕市。酒酣以往，高漸離擊筑，荊軻和而歌於市中，相樂也，已而相泣，旁若無人者。」

喬峯爲人沉靜，他不會在大庭廣眾之中奏樂悲歌，旁若無人，但他嗜酒善飲；有荊軻刺秦王式的氣魄和氣慨，即重然諾而輕生死，敢於在強敵重重包圍之中義無反顧地、奮勇搏殺，誓死血戰。

善借酒力的豪俠個例

喬峯作爲燕趙悲歌慷慨之士，在生活上的一個習性是嗜酒且喜豪飲。在無錫松鶴樓上他與段譽拼酒，一下子便喝下二十斤高粱，共四十大碗。出了酒樓，兩人一路飛步疾走，一面交談，十分投緣，義結金蘭。喬峯竟再邀段譽回無錫城中飲酒，然後同上惠山會敵。段譽聞言大驚，勸阻說：「大哥，酒能傷人，須適可而止，我看今日咱們不能再喝了。」喬峯哈哈大笑，道：「賢弟規勸得是。只是愚兄體健如牛，自小愛酒，越喝越有精神，今晚大敵當前，須得多喝烈酒，好好的和他們周旋一番。」

喬峯這種大敵當前須得多喝烈酒，越喝越有精神的性格，與《水滸傳》中的武松十分相似。《水滸傳》一再描寫武松越是面臨險惡的強敵，越是多喝烈酒，《天龍八部》中的喬峯也是如此，喬峯在聚賢莊孤身與數百名強敵作力量極爲懸殊的生死搏鬥，他竟向莊主要求：「兩位游兄，在下今日在此遇見不少故人，此後是敵非友，心下不勝傷感，想跟你討幾碗酒喝。」莊客奉命取了酒壺、酒杯出來，喬峯道：「小杯何能盡興？相煩取大碗裝酒。」他見莊客斟滿了幾只大碗，便宣布：「這裡眾家英雄，多有喬峯往日舊交，今日既有見疑之意，咱們乾杯絕交。哪一位朋友要殺喬某的，先來對飲一碗，從此而後，往日交情一筆勾銷。我殺你不是忘恩，你殺我不算負義。天下英雄，俱爲證見。」

喬峯越喝越有精神，便於力戰群雄，他以「乾杯絕交」爲名，實是用智計，借酒之力；同時酒確是托情之物，小人往往借酒亂性，英雄則常借酒敘情，甚或定交，如喬峯與段譽即如此；喬峯此時的「乾杯絕交」，顯示他的智勇雙全和性格中富於詩意的一面，在角鬥現場營造出一種慷慨悲涼的氣氛。他與馬夫人和丐幫及別的幫會門派的眾多英豪對飲，連喝五十餘碗：「殊不知喬峯卻是多一份酒意，增一分精神氣力，連日來多遭冤屈，鬱悶難伸，這時將一切都拋開了，索性盡情一醉，大鬥一場。」他酒意上湧，主動出手，霎時便打倒數人。又鬥敗聚賢莊主游氏雙雄，力戰趙錢孫、譚公、譚婆和丐幫諸高手。「喬峯藝成以來，雖然身經百戰，從未一敗，但同時與這許多高手對敵，卻也是生平未遇之險。這時他酒意已有十分，內力鼓蕩，酒意更漸漸湧將上來，雙掌飛舞，逼得眾高手無法近身。」他與玄難比拳，武功之高超竟使眾敵手也不禁喝出滿堂大采。

《天龍八部》如此描繪喬峯的酒力和借酒力發揮智力勇力，是一種極度誇張的寫作手法。酒力對有些文藝家的創作能起很大的作用，因為飲酒之後人的神經高度亢奮，靈感翩臨，創造力得到很大的發揮；酒醉之後有的人膽子便大了起來，解除了平時的思想束縛、生活壓力，然後言平時所不敢言，想平時所不敢想。此時尼采所發揮的古希臘的酒神作用。但並非所有的文藝家都如此，所有的藝術創作都能這樣，詩畫、書法猶可，尤其是寫小說，則亟需清醒的頭腦。至於一般遇事處世，酒能誤事，是醒世的眞理。張飛在爛醉中被士兵殺死，即是顯例。再如武松，連喝十八碗酒上景陽崗，大蟲跳出來，武松被那一驚，酒都做冷汗出了，嚇醒後才勉強戰勝此虎。他在十字坡時則向施恩自詡：「你怕我醉了沒本事，我卻是沒酒沒本事。帶一分酒，便有一分本事；五分酒，五分本事。我若吃了十分酒，這氣力不知從何而來。（金聖嘆批：此段文字全學淳于髡「一斗亦醉，一石亦醉」筆法，卻更覺精神過之。）若不是酒醉後了膽大，景陽崗上如何打得這隻大蟲？那時節我須爛醉了，好下手，又有力，又有勢！」（金聖嘆批：此又全學坡公「酒氣沸沸，從十指出」句法，卻更覺精神過之。）武松一路上連吃四十來碗酒，果然在快活林擊敗蔣門神。看來酒力對武松確實幫助很大。可是武松後來在孔家莊因酩酊大醉而打店鬧事，出店後步履踉蹌，還和狗嘔氣，結果立腳不穩，跌入淺溪，雖不至於淹死，卻被狗頭屁股盯住，狗吠「嘲笑」；又被孔氏兄弟捉去，捆綁拷打，處境極其狼狽。最後如未巧遇宋江而得救，武松不僅一世英名毀於一旦，且難逃死於非命的可悲下場。金聖嘆爲此於回前總評中慨嘆：

此回完武松，入宋江，只是交待文字，故無異樣出奇之處。然我觀其寫武松酒醉一段，又何其寓意深遠也。蓋上文武蔭一傳，共有十來卷文字，始於打虎，終於打蔣門神。其打虎也，因「三碗不過崗」五字，遂至大醉，大醉而後打虎，甚矣，醉之為用大也。其打蔣門神也，又因「無三不過望」五字，至於大醉，大醉而後打蔣門神，又甚矣，醉之為用大也！雖然，古之君子，才不可以終恃，力不可以終恃，權勢不可終恃，恩寵不可終恃；蓋天下之大，曾無一事可以終恃，斷斷然也。乃今武松一傳，偏獨始於大醉，終於大醉，將毋教天下以大醉獨可恃乎哉？是故怪力可以徒搏大虫，而有時亦失手於黃狗；神威可以單奪雄鎮，而有時亦受縛於寒溪。蓋借事以深戒後世之人，言無人如武松，猶尚無十分滿足之事，奈何紜紜者，曾不一慮之也！

這段金批深入探討《水滸傳》精彩描寫的深沉思想底蘊，以此教誨讀者，有驚世醒世作用，啓示作用很大。

回觀《天龍八部》關於喬峯在聚賢莊中豪飲的場面，金庸顯然借鑒了《水滸傳》中關於武松與酒的描寫，借古人之境界為我之境界，但又寫出自己的特色，作出新的藝術創造。

蕭峯善飲的風度，時常受到人們的尊敬，還是建立或推進友誼的階梯。如他初識阿骨打，隨他來到女眞營地，當晚女眞族人大擺筵席，歡迎蕭峯。蕭峯半月來唇不沾酒，這時女眞族人一皮袋、一皮袋的烈酒取將出來，蕭峯喝了一袋又是一袋，意興酣暢。女眞人所釀的酒入口辛辣，酒味極劣，但性子猛烈，常人喝不到小半袋便醉了，蕭峯連盡十餘袋，卻仍是面不改色。女眞以酒量宏大為眞好漢，他如何空手殺虎，眾人並不親見，但這般喝酒，即便是十個女眞大漢加起來也比不過，自是人人敬畏。

後來蕭峯在大草原中遇到耶律洪基，他方知洪基是遼國當今皇帝。洪基當晚帳中大開筵席，酒如池，肉如山。遼國文武官員一個個上來向蕭峯敬酒。蕭峯來者不拒，酒到杯乾，喝到後來，已喝了三百餘杯，仍是神色自若，眾人無不駭然。

東北男子至今豪放善飲，古代契丹、女眞更以酒力度量人的魅力。是以蕭峯在遼金兩國如魚得水。

蕭峯爲救失蹤的阿紫，請假離開遼國，重現江湖，千里奔馳，來到少室山。以丁春秋、慕容復、游坦之三大高手爲代表的數千對手，都要取蕭峯性命。三大高手合力圍攻，蕭峯三招之間，逼退了當世的三大高手，豪氣勃發，大聲道：「拿酒來！」他將契丹武士雙手奉上的皮袋，拔下塞子，將皮袋高舉過頭，微微傾側，一股白酒激瀉而下。他仰起頭來，咕嚕咕嚕的喝之不已。皮袋裝滿酒水，少說也有二十來斤，但蕭峯一口氣不停，將一袋白酒喝得涓滴無存。只見他肚子微微漲起，臉色卻黑黝黝的一如平時，毫無酒意。蕭峯此舉先聲奪人，群雄爲之相顧失色。他又邀隨行的十八名契丹武士和段譽，「兄弟，你我生死與共，不枉了結義一場，死也罷，活也罷，大家痛痛快快的喝他一場。」人謂「借酒澆愁」，蕭峯則借酒示勇，虛竹胸中熱血沸騰，不管佛家之戒，提起皮袋也喝了一口。在強敵如林，慷慨赴義之際，蕭峯說道：「大家痛飲一場，放手大殺吧。」更添場面之悲壯。

蕭峯豪飲，雖未似武松似的跌跟斗，高舉皮袋的風度，也似蓋叫天所演之武松，高舉酒甕狂飲，但飲酒畢竟難保不誤事。他在聚賢莊差些喪命，事後向救命的恩公檢討：「只是一時氣憤難當，蠻勁發作，便沒細思後果。」酒醉亦是蠻勁發作的一個原因。後又喝了阿紫摻入穆貴妃所贈「聖水」之酒被藥倒而遭擒，終於誤了大事。可見酒之爲物，畢竟容易傷人害人，對此杜康，得無愼乎！

悲懷激烈，長嘯代哭

喬峯爲人沉靜，悲歌之事不爲，悲壯時豪飲，悲涼之極時則長嘯。

當他在聚賢莊惡鬥群雄，勢不敵眾，陷入絕境之時，目睹敵手持刀向自己胸口直刺過來，喬峯重傷之餘，難逃一死，他悲憤難抑，仰天大叫，聲音直似猛獸狂吼。

喬峯這震耳欲聾的怒吼，令持刀敵手腦中一陣暈眩，腳下踉蹌，站立不定。群雄也都不由自主地退了幾步。

猶如垂死之困獸，其吼聲依舊威震山林。

喬峯在雁門關旁觀大宋官兵殘殺契丹嬰兒，契丹老漢怒極拚命，被宋軍官兵連砍幾刀，團團圍住。那老漢搖晃了幾下，竟不跌倒，轉向北方，解開了上身衣衫，挺立身子，突然高聲叫號起來，聲音悲涼，有若狼嗥。一時之間，眾軍官臉上都現驚懼之聲。

喬峯心下悚然，驀然裡似覺和這契丹老漢心靈相通，這幾下垂死時的狼嗥之聲，自己也曾叫過。那是在聚賢莊上，他身上接連中刀中槍，又見單正挺刀刺來，自知將死，心中悲憤莫可抑制，忍不住縱聲便如野獸般的狂叫。

喬峯為救阿紫，向遼帝請假，奔回中原，在少室山又陷入重圍，連馭他千里奔馳的愛馬也被當場毒死。他看到愛馬臨死之前眼望自己，流露出戀主的淒涼之色，胸口熱血上湧，激發了英雄肝膽，一聲長嘯，以一敵三，惡鬥丁春秋、慕容復、游坦之三大高手。這聲長嘯為馬而悲，亦為己而悲。

在這場惡戰獲勝之後，蕭遠山與蕭峯父子在少室山群雄面前重逢相認。蕭峯驚喜交集，拜伏在地，蕭遠山哈哈大笑，說道：「好孩兒，好孩兒，我正是你的爹爹。咱爺兒倆一般的身形相貌，不用記認，誰都知道我是你的老子。」一伸手，扯開胸口衣襟，露出一個刺花的狼頭，左手一提，將蕭峯拉了起來。

蕭峯扯開自己衣襟，也現出胸口那張口露牙、青郁郁的狼頭來，兩人並肩而行，突然間同時仰天而嘯，聲若狂風怒號，遠遠傳了出去，只震得山谷鳴響，數千豪傑聽在耳中，盡感不寒而慄。「燕雲十八騎」拔出長刀，呼號相和，雖然一共只有二十人，但聲勢之盛，直如千軍萬馬一般。

蕭氏父子的長嘯，是三十年父子慘別鬱結於胸的悲憤之抒發，聲震山谷，令人寒慄，讀者至此，也有聲透紙背之感。

蕭峯並非只是長嘯而永不悲歌。他臨死那天，與段譽、玄渡等議論戰爭給世界帶來的危害，又聽段譽吟咏李白反戰之詩，有感於衷，當即高聲而唱平時常聽族人唱的一聲歌：「亡我祁連山，使我六畜不蕃息。亡我焉支山，使我婦女無顏色。」他中氣充沛，歌聲遠遠傳了出去，但歌中充滿了哀傷凄涼之意。蕭峯第一次唱歌，便是天鵝之歌，再過一刻即絕命。

他絕命之時，自稱爲「大罪人，此後有何面目立於天地之間」，斷箭穿心，立即氣絕。

此時他無疑悲憤之極，卻既不長嘯，亦無悲歌。眞是大音希聲，此時無聲勝有聲。

可見蕭峯這個藝術形象既是燕趙悲歌之士，又超越燕趙悲歌之士。

遇難呈勇，知難而進的不屈性格

蕭峯藝高膽大，具有遇難呈勇，知難而進的不屈性格。

蕭峯二闖馬家，弄清馬夫人與白世鏡害死馬副幫主，以及馬夫人與段正淳是一對情孽的眞相，白世鏡和馬夫人正要害死段正淳的緊要關頭，有一位神秘高手捏死白世鏡又無影無蹤地消失。蕭峯追上去想查個明白，卻始終無法接近此人。

蕭峯生平罕逢敵手，此刻遇上一個輕功如此高強的對手，不由得雄心陡起，加快腳步，又搶了上去。兩個時辰過去，兩人已奔出一百餘里，又奔出大半個時辰，那人勸他「別再追來」，方才停步。他爲沒有追上此人，與他交友共飲爲憾。

蕭峯武藝超群，罕有倫比。他敬重堪與自己比美的高手，並想與他交談切磋的心理，非常強烈。這樣的思想境界，我們從莊子與惠施的關係中可以看到。惠施是莊子辯論的對手，也因此而成爲好友。惠施做過梁惠王宰相，是著名哲學家。《莊子》〈徐無鬼〉記載：

莊子送葬，過惠子之墓，顧謂從者曰：郢人堊慢其鼻端，若繩翼，使匠石斲之。匠石運斤成風，聽而斲之，盡堊，而鼻不傷。郢人立不失容。宋元君聞之，召匠石曰：「嘗試為寡人為之。」匠石曰：臣則嘗能斲之，雖然，臣之質死久矣。」自夫子之死也，吾無以為質矣！吾無言之矣！

此段名篇說：莊子爲友人送葬，路過惠子的墳墓，回頭對跟隨他的人說：「（從前）有個來自郢（春秋時楚國國都）地的刷牆的人，有一點白土（堊，音惡，石灰）濺到鼻尖上，像蒼蠅翅膀那麼大，請匠石替他削掉。匠石掄起斧頭揮動，呼呼作響，好像括風一般，隨手劈下，砍光了白土，又沒有傷到鼻子。刷牆的郢人站著不動，面不改色。宋元君聽說這件事，召來匠石，對他說：「你替我試試作一下看。」匠石說：「我本來曾經砍削過，可是，我的對手早已死了。」自從惠施先生死去之後，我就沒有對手了！我沒有可以與他談論的對象了！

《莊子》的這個名篇說明英雄沒有可以匹敵的對手之寂寞。

蓋世英雄如果遇到可以匹敵的對手，總想比試一下高低，也是出於這種心理，但同時也有技癢的心理和競爭的心理。蕭峯遇見這位罕見高手，不由得雄心陡起，即是以上三種心理的綜合。

蕭峯三次陷入敵強我弱、力量懸殊、差點喪命的生死搏鬥，也因遇難呈勇知難而進的性格之支配。

他聽說天下群雄匯集聚賢莊準備對付自己，江湖上又盛傳他的種種罪孽。他起先感到萬念俱灰，從此隱姓埋名，讓大家忘了自己，也就是了。阿朱見他臉色慘白，神氣極爲難看，問他是否受傷，倒使他的心靈受到極大刺激。

喬峯自踏入江湖以來，只有爲友所敬、爲敵所懼，哪有像這幾日中如此受人輕賤卑視，他聽阿朱這般詢問，不由得傲心登起，大聲道：「沒有。那些無知小人對我喬某造謠誣蔑，倒是不難，要出手傷我，未必有這麼容易。」突然之間，將心一橫，激發了英雄氣概，決心帶身負重傷的阿朱，去闖聚賢莊，會會天下群雄。進莊後孤身陷入重圍，心中起先不禁惴惴；阿朱心中害怕，哭了起來，勸道：「喬大爺，你快自行逃走。不用管我！他們跟我無怨無仇，不會害我的。」喬峯聞言，感到阿朱說得有理，「我還是及早離開這是非之地為妙。」但隨即又想：「大丈夫救人當救徹。薛神醫尚未答允治傷，不知她死活如何，我喬峯豈能貪生怕死，一走了之？」他縱目四顧，包圍他的三百餘人中有不少武學高手，倒有一半相識，俱是身懷絕藝之輩。頓時激發了雄心豪氣，心道：「喬峯便是血濺聚賢莊，給人亂刀分屍，那又算得什麼？大丈夫生而何歡，死而何懼？」便義無反顧地投入血戰。

第二次是他與遼帝耶律洪基重聚時被五十餘萬叛軍重重包圍，御營軍與叛軍大戰，殺聲震天，血肉橫飛。蕭峯只看得暗暗心驚：「這般惡鬥，我生平從未見過。一個人任你武功天下無敵，到了這千軍萬馬之中，卻也全無用處，最多也不過自保性命而已。」遼帝見叛軍勢盛，只能自殺。蕭峯勸阻他後，他竟藏身於馬腹之下，衝入敵陣，射殺叛首楚王，又用地堂功夫，鑽入敵營，生擒皇太叔，逼令叛軍投降，將一場戰亂消弭於無形。《三國演義》讚譽英雄的武藝、膽略過人，喜用「十萬軍中能取上將首級」一語作爲評判標準，《天龍八部》中蕭峯英雄形象的描寫，則已過之。蕭峯初見遼軍大戰，未免心驚，但他臨危之際，豪氣頓生，大膽闖入敵陣，竟克敵制勝。

第三次是少室山大戰。他被數千強敵團團包圍，自感「死在頃刻，情勢凶險無比」。更且一上來即遭丁春秋、慕容復、游坦之三大高手的合力圍攻，自己的戰馬當場被毒死，已毫無退路可走。他面臨如此險境，胸口熱血上湧，激發了英雄肝膽。又於三招之間，逼退了當世的三大高手，豪氣勃發，當眾與十八武士和段譽、虛竹共飲烈酒，然後與群敵作生死決鬥。不意虛竹、段譽挺身相助，以深湛內功和拙劣武功，擊敗丁春秋、慕容復兩大強敵。蕭峯深感意外，喜出望外，最後大獲全勝。

蕭峯這位孤膽英雄每次面臨強敵、大敵當前之時，既清醒看到險惡形勢，抱必死之決心，又豪氣凜然，冒險進攻，顯示知難而進，越險越勇的非凡性格，頂天立地的豪邁氣魄。尤其是第二次，智勇結合，擒賊先擒王，第三次得義弟之助，以正克邪，取得輝煌勝利，讀者也受到很大的精神鼓舞，金庸如此描寫他的性格，無疑具有令人神往的出色效果。

武學天才，以簡勝繁的人生哲理

喬峯是一位罕見的武學天才，以蓋世神功橫行天下，罕有敵手。喬峯練武專心實意，能從平常中見崎嶇，化平凡爲神奇。在聚賢莊大戰時，喬峯與玄難決鬥，玄難用隱蔽雅觀的「袖裡乾坤」向喬峯進攻。喬峯見他攻到，兩只寬大的衣袖鼓風而前，便如兩道順風的船帆，威勢非同小可。喬峯一面大聲喊道：「袖裡乾坤，果然了得！」同時呼的一聲，拍向他衣袖。只聽得嗤嗤聲響，他的衣袖頓時被撕得粉碎，似有數十隻灰蝶上下翻飛，煞是好看，而玄難則露出瘦骨稜稜的兩條長臂，模樣甚是難看。喬峯只如此一掌，便破了他的成名絕技。玄難的「袖裡乾坤」，與高手交手，顯得華而不實，捉襟見肘，喬峯則以簡勝繁，一掌顯威。兩人接著比拳，玄難用武林中最流行的武功「太祖長拳」，威力強大，猛攻而前，贏得群雄發自心底的贊嘆。喬峯此時——

驀地心念一動，呼的一拳打出，一招「沖陣斬將」，也正是「太祖長拳」中的招數。這一招姿式既瀟灑大方已極，勁力更是剛中有柔，柔中有剛，武林高手畢生所盼望達到的拳術完美之境，竟在這一招中表露無遺。

能在最常見、平常而普通的招式中達到完美之境，在場者情不自禁的喝一聲采，領悟到他武功中的精妙絕倫之處。尤爲奇妙的是——

但見喬峯和玄難只拆得七八招，高下已判。他二人所使的拳招，都是一般的平平奇奇，但喬峯每一招都是慢了一步，任由玄難先發。玄難一出招，喬峯跟著遞招，也不知是由於他年輕力壯，還是行動加倍的迅捷，每一招都是後發先至。這「太祖長拳」本身拳招只有六十四招，但每一招都是相互克制，喬峯看準了對方的拳招，然後出一招恰好克制的拳法，玄難焉得不敗？這道理誰都明白，可是要做到「後發先至」四字，尤其是對敵玄難這等大高手，眾人若非親眼得見，以往連想也從未想到過。

喬峯將最平常的習武者人人熟悉不以爲奇的拳術，練得出神入化，精妙絕倫，這便是他這個武學天才的基本經驗和特色之一。

少室山上，他初戰丁春秋，也是以簡馭繁，先聲奪人，大勝全勝。他一上山，見丁春秋手中抓住一個紫衣少女，身材婀娜，雪白的瓜子臉蛋，正是阿紫。但見她雙目無光，瞳仁已毀，已然盲了。此時，

蕭峯心下又是痛惜，又是憤怒，當即大步邁出，左手一劃，右手呼的一掌，便向丁春秋擊去，正是降龍十八掌的一招「亢龍有悔」，他出掌之時，與丁春秋相距尚有十五六丈，但說到便到，力自掌生之際，兩人相距已不過七八丈。

……殊不料蕭峯一掌既出，身子已搶到離他三四丈處，又是一招「亢龍有悔」，後掌推前掌，雙掌力道並在一起，排山倒海的壓將過來。

只一瞬之間，丁春秋便覺氣息窒滯，對方掌力竟如怒潮狂湧，勢不可當，又如是一堵無形的牆，向自己身前疾衝。

丁春秋不敢回手，怕自己臂斷腕折，甚至筋骨盡碎，百忙中將阿紫向前急拋，飄身後退。沒想到，

蕭峯跟著又是一招「亢龍有悔」，前招掌力未消，次招掌力又至。丁春秋不敢正面直攖其鋒，右掌斜斜揮出，與蕭峯掌力的偏勢一觸，但覺右臂酸麻，胸中氣息登時沉濁，當即乘勢縱出三丈之外，……蕭峯輕伸猿臂，將從半空中墜下的阿紫接住，隨手解開了她的穴道。

群雄見他僅以一招「亢龍有悔」，便將那不可一世的星宿老怪打得落荒而

逃，心中更增驚懼，一時山上群雄面面相覷，肅然無語。

接著他一人對付慕容復、丁春秋、游坦之，也僅用簡單的三招，逼退了當世的這三大高手。

總之，正如溫瑞安《〈天龍八部〉欣賞舉隅》所說的：『「邪不勝正」的正道武功，畢竟才是至高無上的，這個代表性的人物，便是喬峯！這種代表性的武功，便是『降龍十八掌』！」「在金庸筆下的武功裡，一門普通的武功，只要學精了，練得完美無缺，便能生大威力，化腐朽爲神奇。」

與他相比，丁春秋瀟灑別致、游坦之陰狠寒毒的奇功和慕容復「以彼之道，還施彼身」的巧勁，都顯得有幾分華而不實。遇到喬峯的深厚內功，他們都乾脆地敗在他的手下。他如薛慕華貪多務得，樣樣不精，摘星子用綠火逼人，比武的花樣雖然新穎好看，最後卻引火燒身，更是不濟。

溫瑞安總結得好：「有大成就者，不是圖走捷徑，華而不實；功夫下得深，根基紮得實，方才能望有過人造就。」學武如此，學文也是如此。平淡樸素爲最上，勝過華麗花梢多多。《莊子》說：「樸素而天下莫能與之爭美。」蘇軾說：

「質而實綺，癯而實腴，發纖穠於簡古，寄至味於淡泊。」又說：「凡文字乃小時須令氣象崢嶸，彩色絢爛，漸老漸熟，乃造平淡，其實不是平淡，乃絢爛之極也。」清人薛雪《一瓢詩話》也曰：「淡中藏美麗，虛處著工夫。」桐城派名家劉大櫆《論文偶記》認爲：「文到高處，只是樸淡意多。」林語堂《論寫作的藝術》指出：「平淡最醇最可愛，而最難。」西方的觀點與此相同。莎士比亞說：「質樸比巧妙的言辭更能打動我的心。」（《威尼斯商人》）羅丹認爲：「在庸俗的人看來，能用鉛筆畫些花樣，用色彩塗些炫耀的焰火或是用古怪的文字寫些光彩的句子，這些空頭作家就是世界上最投機的人；然而藝術上最大的困難和最高尚的境地，卻是要自然地、樸素地描繪和寫作。」（《藝術論》）惠特曼說：「藝術的藝術，表達的光輝和文字的光彩，都在於質樸。沒有什麼比質樸更好的了。」托爾斯泰認爲：「樸素是美麗的必要條件。」（《致安德烈夫》）而斯坦尼斯拉夫斯甚至強調：「眞實與樸實是天才的寶貴品質。」（《舞台是表演生活的場所》）

金庸描繪喬峯樸實無華而又內力深湛的武功，暗寓著人生的一個重要哲理。武藝、文藝，皆以素樸平淡爲上，做人當然也應如此。文如其人，同樣，武如其人，《天龍八部》中的喬峯，性格也樸實無華，平淡率眞。他的這種性格也得蕭遠山之遺傳。他初見乃父，遠山即和他拆了二十招，而遠山一招一式全是平平無奇，於質樸無華之中現極大能耐。眞是有其父必有其子啊！

樸實無華，大俠風範的無窮魅力

段譽初見喬峯，即發現他「身穿灰色舊布袍，已微有破爛」，衣著裝束極爲樸素。

喬峯在丐幫中，自感「是個粗魯漢子，不愛結交爲人謹慎、事事把細的朋友，也不喜歡不愛喝酒、不肯多說多話、大笑大吵之人，這是我天生的性格，勉強不來。」不愛喝酒、不肯多說多話、大笑大吵之人，性格沉穩，實際上也就是爲人謹愼、事事把細，這類人富於心機，與樸實之人，屬於兩種風格。喬峯爲人樸實爽朗，不喜歡與沉默寡言、城府很深的人結交，所以喬峯和陳長老性情不投，平時難得有好言好語；也不喜歡馬副幫主的爲人，見他到來，往往避開，寧可去和一袋二袋的低輩弟子喝烈酒、吃狗肉。喬峯同時卻又認識到：陳長老和馬副幫主老成持重，從不醉酒，「那是你們的好處，我喬峯及你們不上。」公開向對方承認自己的自愧不如，公正承認老成持重、從不醉酒者勝過自己的粗豪直爽，也是他樸實誠摯的性格之表現。

喬峯願與段譽結義爲兄弟，即因段譽雖飽讀詩書，卻仍保持天眞樸實、誠摯坦率的性格。他對虛竹也很喜歡，也即因虛竹老實木訥，純樸無華。他與阿骨打結成好友，仍是此因。而不喜歡阿紫，全因她詭計多端，刁鑽古怪，與他的性格相沖。

喬峯的平淡樸實性格難能可貴。蔡鍔說：「胸懷廣大，須從平淡二字用功。」正因喬峯爲人平淡樸實，故而又胸懷廣大，其待人處事以寬大爲懷，即由此而來；其大俠風範的無窮魅力也由此而來。

喬峯的人生哲學

感情篇

國仇家恨對蕭峯命運的決定性影響

蕭峯出生不到一年因國仇而無辜地慘遭家破人亡，慈母喪生，嚴父失蹤，他成爲可憐的孤兒，由貧苦的漢族農民夫婦撫養成人。

他父母的悲慘遭遇，使殺害他們的「凶手」內疚於心，這些「凶手」委派玄苦大師教他武藝，後來作爲「凶手」之一的汪幫主親自收他爲徒。汪幫主等暗中照應這個孩子，使喬峯順利成長，幫助他練成高超武藝，並將丐幫的幫主之職位也讓他繼承。

因此，喬峯自一週歲落入漢人手中，至二十二歲任丐幫幫主，這二十年左右的生命歷程，自感福星高照，一生幸運。這在一定意義上可以說是他的家恨帶來的「福報」。

之所以說是「在一定意義上」，是因爲喬峯如未遇家破人亡的厄運，他在遼國的生活將更幸福：他將得到親母的慈愛；其父蕭遠山武藝極爲高強，蕭峯在父親的指教、訓練下也肯定能練出超人的武藝；其父出於遼國的望族，經濟富裕，蕭峯的物質生活將遠高於喬三槐家，享受到極好的衣食住行，因此他的生活肯定更幸福圓滿。

喬峯在《天龍八部》中一出場，即被揭出契丹身世，他的社會地位一落千丈，他從一個人人欽佩的英雄豪傑、丐幫領袖，跌落成爲人所不齒、豬狗不如的契丹胡虜。家仇國恨使喬峯跌入苦海、恨海、血海，直到悲憤地自殺，一死了之。蕭峯自三十一歲被逐出丐幫，逐出江湖，至四年後自殺，經歷種種痛苦，成爲十足的悲劇人物。

這是因爲他被發現是契丹人。其時大宋百姓恨契丹人入骨，契丹人被漢人看作是殘暴惡毒的化身。連喬峯本人在未知自己是契丹人之前也慷慨陳詞：「我大宋受遼狗欺凌，家國之仇，誰不思報？」

家仇國恨決定了喬峯的一生命運，且最後終被置於死地。

爲什麼宋朝漢人這麼痛恨遼國契丹人？這是因爲漢人自民族形成之初，至喬峯時代的四千年間，一直受北方強敵的欺凌、入侵和殺戮，形成愛國主義的情結，痛恨北方異族的情結。喬峯的命運籠罩於遼宋對峙的陰影之中。

漢匈戰爭，三千年的沉重血史

喬峯為調查自己的身世和民族，親眼察看父母不幸遇難的葬身之處，千里奔馳，孤身來到雁門關外。小說介紹：「雁門關是大宋北邊重鎮，山西四十餘關，以雁門最為雄固，一出關外數十里，便是遼國之地，是以關下有重兵駐守。」又描寫他——

> 來到絕嶺，放眼四顧，但見繁峙、五台東聳，寧武諸山西帶，正陽、石鼓挺於其南，其北則為朔州、馬邑，長坡峻阪，茫然無際，寒林漠漠，景象蕭索。喬峯想起當年過雁門關時，曾聽同伴言道，戰國時大將李牧、漢朝大將郅都，都曾在雁門駐守，抗禦匈奴入侵。倘若自己真是匈奴、契丹後裔，那麼千餘年來侵犯中國的，都是自己的祖宗了。

漢人知道「匈奴」此名，起自戰國時期（公元前四七六—二二一年），古代一般的史書也如此記載，小說中的喬峯此時處於公元一〇九一—一〇九五年左右，所以他認爲侵犯中國的匈奴至那時已有千餘年。實際上，漢族受北方游牧民族的侵迫和雙方交戰的歷史遠不只此數，相傳匈奴的祖先葷粥族與黃帝族曾發生過衝突，《史記》〈五帝本紀〉謂：「黃帝北逐葷粥，合符釜山，而邑於涿鹿之阿。」司馬遷的《史記》創立〈匈奴列傳〉，班固《漢書》的〈匈奴傳〉移入《史記》的〈匈奴列傳〉，並補充漢武帝時代至西漢末年的漢匈戰爭，是最早的匈奴史和漢匈交戰史著作。「二十四史」中，在最早的《史記》、《漢書》之後，記敘東漢、三國、晉代歷史的《後漢書》、《三國志》、《晉書》和記載南北朝時代的北朝諸史，都有〈匈奴傳〉和有關匈奴的傳記。根據以上諸史著和王國維《鬼方昆夷玁狁考》的記載和研究，可知匈奴的大致情況如下：

匈奴最早稱爲葷粥，本與華夏相鄰而居或雜居，距今五千年（距《天龍八部》中喬峯所處的時代爲四千年），被黃帝逐向北方。自黃帝至堯、舜時期，匈奴除葷粥（又作獯鬻、薰育等）外，又被稱作山戎、獫狁，居於中原、陝甘之北的蠻荒之地；商、周時代，除葷粥外又稱爲鬼方、混夷，西周後期則稱玁狁；春秋時則名爲戎（西戎）、狄（北狄）；戰國時起，始稱胡、匈奴。

今存之史料，自商代起即有記載，商代的甲骨文有以下兩則：

己酉卜，穷貞，鬼方昜，亡囚（禍），五日。（《小屯・殷虛文字乙編》六六八四年）

己酉卜，丙……鬼方昜……囚（禍）。（《小屯・殷虛文字甲編》三三六三）

周代文獻《易經》、《詩經》也有記載：

高宗伐鬼方，三年克之。（《易》〈既濟・九三〉）

震用伐鬼方，三年，有賞于大國。（《易》〈未濟・九四〉）

內奰于中國，覃及鬼方。（《詩》〈大雅・蕩〉）

以上第一、二則記敘商高宗武丁（在位五十九年）大約在公元前十三、四世紀時與匈奴（鬼方）的一次戰爭；武丁時的商朝國力強盛，武丁善於征戰，而伐鬼方需用三年之久，可見其勢力不小。

周文王的祖父太王亶父受匈奴（時稱戎狄）攻逼，只好帶領族人和下屬自豳（今陝西旬邑）遷移至岐山（今陝西岐山）。一百餘年後，西伯姬昌（即周文王）攻伐畎（音犬）夷（即畎戎，古匈奴）。又過十餘年，周武王伐商紂王之後又放逐戎夷。此後二百餘年，周穆王曾西擊犬戎，俘虜五王，並將犬戎遷到太原（今山西西南部）。至周穆王之孫周懿王時，王室衰落，「戎狄（西北和北方的匈奴）交侵，暴虐中國。中國被其苦，詩人始作，疾而歌之」。《詩經》中〈小雅・采薇〉說：「靡室靡家，玁狁之故。」（沒有妻室家庭，是因玁狁即匈奴入侵的緣故）。「豈不日戒？玁狁孔棘！」（難道不要日日警戒？玁狁來犯很是緊急！）至周懿王的曾孫周宣王，興師命將征伐匈奴，於是詩人讚美他的武功。《詩經》〈小雅・六月〉歌頌：「玁狁孔熾，我是用急。王于出征，以匡王國。」（玁狁氣燄好熾，我們所以緊急。王說出兵征戰，以此匡救王國。）「薄伐玁狁，至于太原。」（於是討伐玁狁，一直到了太原。）〈小雅・出車〉說：「出車彭彭」（出動的兵車很多，都是響聲彭彭。）「城彼朔方」（言玁狁既被逐走，北方安靜，于是築城以守。）這時，「四夷賓服，稱爲中興。」到其子周幽王（？—前七七一年）時，又進攻六濟之戎，大敗。其政敵申侯於公元前七七一年聯合畎戎等攻周，殺幽王於驪山下，俘走王后褒姒，西周因此而滅亡。其子周平王東遷洛邑（今河南洛陽），建立東周。畎戎則占據西周故地，此後在春秋、戰國時期西戎不斷進攻、侵犯，於是秦、趙、燕三國都築起長城，作爲禦防。當時戎、狄等皆已改稱胡、匈奴。《史記》、《漢書》說：「當是時，冠帶戰國七，而三國邊于匈奴。其後趙將李牧時，匈奴不敢入趙邊。」只有李牧成爲第一位擊敗匈奴的一代名將。

秦滅六國，統一天下後，秦始皇立即派蒙恬（？—前二一〇）帶兵三十萬，擊退匈奴，收復河南（今內蒙古河套一帶），並修築長城，由太子扶蘇監軍，一起守衛邊境，匈奴不敢進攻。秦始皇逝世時，因扶蘇和蒙恬都在遠方邊境，防備匈奴，秦二世胡亥乘機奪權，並逼扶蘇、蒙恬自殺，匈奴又侵入河南。可以說是匈奴改變了秦國的命運，促成二世而亡。

劉邦與項羽的漢楚戰爭期間，匈奴進入強盛時期。西漢建立後，匈奴南侵，漢高祖親自將兵抗擊，被匈奴三十餘萬精兵團團圍困，差點當了俘虜。劉邦僥倖脫圍，只好與匈奴和親，但仍多次受匈奴入侵，直到文帝時，入侵不停，被「虜人民畜產甚多」。

武帝即位時，漢朝的經濟、軍事已十分強大，針對匈奴「數寇盜邊」、「殺略吏民甚眾」的不安定形勢，發動大規模的戰爭，惡戰窮追二十餘年。其間最大的戰爭有三次：

第一次，公元前一二七年，命大將衛青率大軍自雲中向西迂迴，擊敗匈奴白羊王、樓煩王，收復秦時河南一帶。匈奴被屢次擊敗後，單于龍庭於前一二三年被迫遷往瀚海以北。

第二次，前一二一年，將軍霍去病自隴西兩次出擊，一次越過焉支山（在今甘肅山丹縣），一次越過祁連山，斬獲匈奴四萬餘人。後匈奴又有數萬人來歸降。從此自金城（今蘭州）以西至鹽澤（今新疆羅布泊），匈奴從此絕跡。此為以後開通亞歐的絲綢之路奠定了基礎。

第三次，前一一九年，由大將軍衛青、驃騎將軍霍去病各率騎兵五萬，隨軍私馬四萬匹，步兵、輜重兵數十萬人，分道深入大沙漠以北，追擊匈奴主力。衛青於塞外千餘里處，與匈奴單于決戰，單于大敗，僅率數百騎突圍遠遁。霍去病出代郡塞外二千餘里，大敗匈奴東部主力，斬獲七萬餘人。匈奴此戰被殲滅主力八、九萬，不敢再在漠南立足；漢兵也損失數萬，喪失良馬十一萬匹以上。

從此邊境安定六、七十年，至漢元帝時西漢衰弱，匈奴又南侵，漢朝只好恢復和親政策，演出了「昭君出塞」的悲劇。

東漢初年，匈奴乘中國內亂，不斷侵擾邊境。公元四八年，匈奴分裂為南北兩部，南匈奴內附，並與東漢一起抗擊北匈奴、鮮卑、羌族。二一六年，曹操分南匈奴為左、右、前、後、中五部，各立部帥，接受朝廷監管。

北匈奴與南匈奴和鮮卑、西域諸國作戰，屢敗之後於公元八七年再次分裂，有五十八部共二十萬人投降，歸入東漢。公元八九年，東漢分三路出擊，出塞三千餘里，大破北單于兵，北單于率殘部逃走，其八十一部共二十餘萬人投降漢軍。九〇年，東漢再次出兵，遠征塞外五千餘里，大破北匈奴軍。北單于率殘部逃到西域，被班勇擊敗，又向西逃去，直到歐洲。

北匈奴八十一部投降內附，北單于率殘部西逃，餘留的北匈奴十餘萬落都自號鮮卑，並入鮮卑了。

南匈奴和先後兩批投降東漢的北匈奴，在西晉末年五胡亂華之時又建立割據的國家，後被鮮卑政權吞滅，在北朝後期與漢族同化，至隨唐時，已銷聲匿跡了。

匈奴在西漢前期最強大時，自稱「天之驕子」，擁有騎兵三十萬。它東滅東胡，占領內興安嶺遼河上游地區；北敗渾庾、屈絲、丁零諸部，拓地遠至貝加爾湖；西驅大月氏，征服樓蘭、烏孫等二十多個國家，鐵騎遍踏天山、祁連山一帶；南面攻占內蒙古河套以南。亞洲東部的沙漠草原，全屬匈奴所有。

匈奴橫掃東西，所向無敵，不可一世。三千年中又不斷南下，侵凌漢地，雙方多次大戰。舉世聞名的長城，最早即為匈奴而建。褒姒被劫、昭君出塞、文姬歸漢，蘇武牧羊，是漢族常處劣勢的標誌。漢匈之戰，長達三千年；全力搏殺，自漢武至班勇，也要綿延二百年，是世界上空前絕後最長的戰史。匈奴的後裔，鮮卑和契丹，至《天龍八部》描寫的喬峯時代，又綿延千年，直至遼國於一一二五年被金國消滅，才徹底完結。

金庸先生曾談論過漢匈戰爭和我國歷史上遭受外族侵略的危險時期。他在〈金庸的中國歷史觀〉（一九九四年十月在北京大學授予他名譽教授儀式上的演講）中說：

> 我在武俠小說裡寫了中國武術怎樣厲害，實際上是有些誇張了。中國人不太擅長打仗，與外國人打仗時，輸得多，贏得少。但是我們有耐力，這次打不贏沒關係，我們長期跟你打，打到後來，外國人會分裂的。如匈奴很厲害，我們打他不過。漢高祖曾在山西大同附近被匈奴人圍困，無法脫身。他的手下便獻一條妙計，去向匈奴皇后說，漢人漂亮的小姐很多，你如果把漢朝皇帝抓來，把漢人打垮了，俘虜了大批漢人中的漂亮女人，你這個皇后就要糟糕了。匈奴皇后中了這個詭計，便退兵了。匈奴後來分為南北，南匈

奴投降了漢朝，北匈奴則向西走，一部分到了法國，一部分到了西班牙，一部分到了英國，以至滅亡了整個西羅馬帝國。有意思的是，匈奴的一半被中國抵抗住了，投降了，另外一半卻把整個歐洲打垮了。隨唐時期的突厥也是如此，他們分為東突厥和西突厥。東突厥向隨唐王朝投降了，慢慢地被華夏民族所融合。西突厥則向西行，來到了土耳其。後來土耳其把東羅馬帝國打垮了，把整個君士坦丁堡占了下來，直到現在。所以我們不要一提起歷史就認為我們民族不行，其實我們民族真正不行，只是十六世紀以後的三、四百年的事情。

金庸在北大就職名譽教授的演說中介紹匈奴流徙歐洲的威勢。史學大師呂思勉的經典史著《中國民族史》第三章〈匈奴〉中言及其在歐洲的結局：「匈奴爲漢族所迫逐，正支西徙，至今立國歐洲。」「其入歐洲者，立國於馬加之地，爲今匈牙利等國之祖焉。」（見《元史譯文補證》卷二十七上）又說：「《羅馬史》載匈奴西徙後，有詩詞歌咏，皆古時匈奴文字。當時羅馬有通匈奴文者，匈奴亦

有通拉丁文者，惜後世無傳焉。」（見《元史譯文補證》）

《史記》謂匈奴「無文書，以言語為約束。」故而匈奴自己無史，匈奴史賴中國「二十四史」的《史記》、《漢書》、《後漢書》等著作，以及《元史譯文補證》和西方《羅馬史》等的記載才能聯綴起來。

匈奴與契丹，兩族同種之因由

喬峯為查明父母被害與自己的身世之眞相，他孤身一人，跋山涉水，千里奔馳，來到雁門關外。「喬峯想起當年過雁門關時，曾聽同伴言道，戰國時趙國大將李牧、漢朝大將郅都，都曾在雁門駐守，抗禦匈奴入侵。倘若自己眞是匈奴、契丹後裔，那麼千餘年來侵犯中國的，都是自己的祖宗了。」喬峯將匈奴、契丹連結成前後一脈相承的兩個民族，顯示作者豐厚的歷史修養。

前已言及，與匈奴同時的有稱為西胡的西域和位於中國東北的東胡。匈奴居中，《史記》〈匈奴列傳〉說：「東胡與匈奴間有棄地莫居千餘里。」東胡「在匈奴東，故曰東胡。」（《史記》索隱引服虔）秦始皇時，東胡也很強大；劉邦與項羽的漢楚戰爭期間，匈奴冒頓襲破東胡，滅其國，餘類保住今蒙古東部的烏桓、鮮卑二山，即以這兩座山爲名，分爲烏桓、鮮卑二部。西漢時烏桓稍強大，既與匈奴爲敵，也常南侵漢地。東漢光武帝建武初年（公元二五年），匈奴率同烏桓、鮮卑侵犯漢的北方邊地。建武二十二年（公元四六年）烏桓乘匈奴內亂，乘弱擊破之。匈奴北徙數千里，大漠之南地空，光武帝即以幣帛籠賂烏桓，建武二十五年（公元四九年）以後烏桓眾部落皆居長城以內，分布於遼東、遼西、右北平、漁陽、廣陽、上谷、代郡、雁門、太原、朔方諸郡，耕地種植，幫助東漢狙擊鮮卑。後烏桓稍強，獻帝建安十二年（公元二〇七年）曹操破烏桓，烏桓餘眾內附漢地，大部分與漢族同化，唐代僅有一個極小部落居烏羅渾之北，《新唐書》有所記載。

東漢時期，鮮卑乘匈奴衰落之際，逐漸興起。鮮卑和烏桓一樣，在兩漢時分爲許多小部落。自東漢至魏，鮮卑大人檀石槐、軻比能征服許多游牧部落，相繼組成龐大的軍事行政的聯合體。此前，東漢和帝永元初年（公元九〇年），北匈奴北逃，餘留者十餘萬落，都自號鮮卑，鮮卑頓時強大起來；至桓帝時（公元一四七—一六七年）檀石槐率眾盡據匈奴舊地，至軻比能時，鮮卑成爲西接烏孫國，東到遼河流域，東西一萬二千里，南北七千餘里的龐然大物，連年南侵幽（河北省北部）并（山西省）二州邊境，成爲中國北方的大敵。

西晉末年，北方大亂，先是八王混戰，繼則五胡亂華。從公元三〇四年劉淵稱王起，到四三九年北魏統一中國北部止，一百三十五年間，各族統治者先後在北方和巴蜀（今四川省和重慶市）建立割據政權，前後有十六國之多。

晉代時，鮮卑的主要部落有慕容氏、拓跋氏、宇文氏及段氏。收率遼東遼西之眾的爲慕容氏，收率上谷以西之眾者爲拓跋氏，介於慕容、拓跋二氏之間的，即宇文氏及段氏。鮮卑在五胡亂華並入主中原之前，慕容氏和宇文氏進行多次戰爭，宇文氏最終被慕容氏擊敗，部眾五萬餘落歸降慕容氏，別有一支則竄居西遼河流域。進入中原的宇文氏，於公元五五七年初代西魏稱帝，國號周，史稱北周，於五七七年滅北齊，統一中國北方，五八一年爲隋所代。

鮮卑部落進入中原的慕容、拓跋諸部先後覆亡，與漢族同化。鮮卑部落最後興起者，時稱契丹。契丹即宇文氏別種——宇文氏被慕容氏擊數後逃竄至西遼河松漠之間的一部。此部於北魏（元魏）時爲道武帝（即拓跋珪）所破，又分裂爲二：西爲奚，東爲契丹。奚於唐末被契丹王欽德征服，併入契丹。

契丹於隋唐兩代，休養生息，漸致強盛。晚唐五代之間崛起，囊括北方，割據燕雲十六州，與北宋對峙。

鮮卑先與匈奴共相始終，匈奴在隨唐之間消亡後，又於晚唐五代之間崛起，四千年的盛衰，生命力非常頑強，終於成爲繼匈奴之後威脅漢族生存的第二強敵。

匈奴衰落時，南匈奴歸附中原，逐漸與漢族同化；北匈奴北逃西遷，遠征歐洲，而餘留者十餘萬落，自號鮮卑；鮮卑中宇文氏之別支發展爲契丹，其中有北匈奴歸入鮮卑的後裔。因此喬峯認爲自己是「匈奴、契丹」後裔，將匈奴與契丹連結在一起，是有歷史根據的。

喬峯沒想到的是，他與慕容復的祖先歷史上都屬於鮮卑，實乃同族，但又是宿敵——喬峯所屬契丹之祖先宇文氏與慕容氏多次作戰且敗於對方。小說中的慕容復對這段歷史當然也漠然無知。

正因匈奴、契丹爲同種，契丹爲匈奴之後裔，語言相同，所以《天龍八部》最後一章寫到段譽等人找到蕭峯時，大家談起戰亂對百姓之殘害，蕭峯道：「我在此地之時，常聽族人唱一首歌。」當即高聲而唱：「亡我祁連山，使我六畜不蕃息。亡我焉支山，使我婦女無顏色。」

段譽點頭道：「這是匈奴人的歌，當年漢武帝大伐匈奴，搶奪了大片地方，匈奴人慘傷困苦，想不到這歌直傳到今日。」蕭峯道：「我契丹祖先，和當時匈奴人一般苦楚。」

漢武時匈奴人尚未併入契丹，故而蕭峯此言不錯。而匈奴人的民歌千餘年後依然在契丹民眾中流傳，因爲部分匈奴人經過千年流轉，演變成爲契丹人，《天龍八部》的藝術虛構符合歷史和生活的眞實，從而達到了藝術上的眞實。

匈奴與契丹，是否與華夏民族亦同種？

匈奴人，除遠徙歐洲的除外，留在原址的諸部落逐步與漢人同化；其中自稱鮮卑的匈奴人有的隨鮮卑一起與漢人同化，有的演變爲契丹人，在契丹的遼國被金國滅亡後，與漢人同化，或被金人同化後，又與金國的女眞人一起在元明時代逐步與漢人同化。從這個意義上說，匈奴與契丹，已與華夏民族即漢人爲同種了。

這僅是從一方面說，另一方面，匈奴的祖先，《史記》和《漢書》都認爲：「匈奴，其先祖，夏后氏之苗裔也，曰淳維。」夏后氏，即建立夏朝的啓之父大禹所屬的部落。匈奴的祖先既與大禹和啓父子屬同一部落，那麼匈奴即爲華夏民族的一部分。《史記》索隱引張晏曰：「淳維以殷時奔北邊。」《漢書》顏師古也注曰：「（淳維）以殷時始奔北邊。」都指出匈奴的先祖淳維在殷商時代出逃至中原的北方。《史記》索隱又引樂彥《括地譜》：「夏桀無道，湯放之鳴條。

三年而死，其子獯粥，妻桀之眾妾，避居北野，隨畜移徙，中國謂之匈奴。」桀是夏代最後一個國王，他因荒淫無恥，暴虐無道，被商湯所滅。此則記載淳維即獯粥（《史記》索隱說「淳維獯粥是一」），是夏桀之子，那麼匈奴的祖先是禹的嫡系子孫了。他在商滅夏、桀死之後，娶了桀的眾妾，帶著她們避開商朝的勢力到北方（當時尚無長城，不能稱爲塞外，故稱「北野」，即後世所稱的塞外之地）尋求發展。但《史記》和《漢書》接著又都說：「唐虞以上，有山戎、獫狁、葷粥，居於北蠻（蠻荒之地，指文化、經濟落後的僻遠地方）。」即匈奴的祖先於堯（唐堯）、舜（虞舜）之前已在遙遠的北方生活繁衍。前後兩說看似有矛盾，故而呂思勉《中國民族史》認爲前者「其說不可信」，承認匈奴的祖先早在堯舜之前已存在。《史記》最早爲匈奴記敘歷史，《漢書》〈匈奴傳〉因襲《史記》〈匈奴列傳〉並發展漢武至西漢末的內容。兩史皆爲權威著作，立論審慎。可能《史記》索隱所引之言有所誤。其基本的史實可能是堯舜之前匈奴確即已活動於北方，夏桀之子因逃避商殷的統治和壓迫，帶著家屬北逃，投奔商的敵方匈奴（當時被稱爲鬼方、山戎、葷粥）的懷抱，成爲匈奴的一份子，成爲後世匈奴的古代匈奴的歷史。

先祖之一。呂思勉先生《中國民族史》認爲：「《史記》〈匈奴列傳〉，敘述匈奴古代之事，頗得綱要。」當代史學家一般多根據《史記》和王國維的觀點來看待古代匈奴的歷史。

關於契丹與匈奴的關係，本書前已簡述他們的傳承關係。《舊五代史》〈外國列傳〉則徑稱：「契丹者，古匈奴之種也。」歐陽修《新五代史》〈四夷附錄第一〉說：「契丹自後魏以來，名見中國。」「得鮮卑之故地，故又以爲鮮卑之遺種。」而《遼史》〈太祖本紀第二〉最後之「贊」曰：「遼之先，出自炎帝。」《遼史》爲元代脫脫爲都總裁所修的正統官史，其史料多據遼・耶律儼《實錄》和金・陳大任《遼史》。「遼之祖先，出自炎帝」這個觀點可能是遼人的史書中已有的記載，而非元代蒙古人的研究成果。在此之前，二十四史中的《周書》〈文帝紀〉開首即說：「太祖文皇帝姓宇文氏，諱泰，字黑獺，代武川人也。其先出自炎帝神農氏，爲黃帝所滅，子孫遯居朔野。」契丹爲宇文氏中的一部，故而遼國契丹人自認爲自己是炎帝的子孫，也可能是根據《周書》而言。

炎帝和黃帝都是中國傳說中的遠古帝王之一，都並列於「三皇五帝」的「五帝」之中，即：太昊（伏羲）、炎帝（神農）、黃帝、少昊、顓頊五人中相繼的兩位。炎、黃二帝被認爲是中華民族的祖先，故而當今中國人自稱爲「炎黃子孫」。但相傳黃帝得到中原各部落的擁戴，炎帝擾亂各部落，黃帝在阪泉（在今河南涿鹿東南）打敗炎帝，黃帝便成爲傳說中中原各族的共同祖先。炎帝及其部屬被逐出中原。傳說中的一個觀點是：炎帝即神農氏。神農氏爲傳說中農業和醫藥的發明者。相傳遠古人民過著採集漁獵生活，炎帝用木制作耒耜（古代農具，我國最原始的翻土工具），教民農業生產。（據《史記》正義佚文）又傳他曾嘗百草，發現藥材，教人治病。《周書》認爲炎帝是宇文氏的祖先，《遼史》指出遼即契丹之祖先，出自炎帝，可見宇文氏和契丹官方自認爲是炎帝後裔，亦即與漢族一樣，是「炎黃子孫」，那麼實亦認爲契丹與漢族乃同種。當代有的歷史學家對此有懷疑或持否定態度。筆者認爲，《周書》和《遼史》既持此觀點，我們如果沒有確鑿的反證可否定這種說法，便應尊重《周書》和《遼史》的觀點，認宇文氏和契丹爲炎黃子孫之一支。

但是《天龍八部》對匈奴、契丹是否與漢族同種的問題上並未涉及，而對匈奴與契丹是否同種這個問題也頗有游移，前後之敘述有矛盾。前已言及，喬峯在雁門關上與阿朱重逢之前孤身眺望地勢時想到「倘若自己眞是匈奴、契丹後裔，那麼千餘年來侵犯中國的，都是自己的祖宗了。」分明認匈奴與契丹為同宗同族。但在全書末卷蕭峯與前來救助他的段譽、玄渡和丐幫諸雄相會時，蕭峯道：「我在此地之時，常聽族人唱一首歌。」當即高聲而唱：「亡我祈連山，使我六畜不蕃息。亡我焉支山，使我婦女無顏色。」他中氣充沛，歌聲遠遠傳了出去，但歌中充滿了哀傷凄涼之意。段譽點頭道：「這是匈奴人的歌，當年漢武帝大伐匈奴，搶奪了大片地方，匈奴人慘傷困苦，想不到這歌直傳到今日。」蕭峯道：「我契丹祖先，和當時匈奴人一般苦楚。」

因為契丹（或者部分契丹人）本為匈奴後裔之一支，所以匈奴人的歌一直到蕭峯時代的契丹人仍在傳唱，是順理成章的。這樣的描繪既符合歷史眞實，也符合生活眞實，儘管小說中的這段描寫都是藝術虛構的產物。

但是《天龍八部》中的段譽本是飽讀史書而且熟稔經典的知識份子人物，他一聽之歌，即熟知收錄在《樂府詩集》中的《匈奴歌》（現又載逯欽立《先秦漢魏晉南北朝詩》上冊頁一二四—一二五），應知唐代時修著出版的《魏書》、《周史》等名著中介紹匈奴、鮮卑、契丹民族沿襲之史料，蕭峯也本知匈奴、契丹之關係，而這裡兩個人物的對話，似乎對此尚含糊不清，亦反襯金庸於此也游移不定，未能確切描寫。

不僅匈奴、契丹與漢人實爲同種，前已述及契丹祖先宇文部與《天龍八部》中慕容博、慕容復的祖先慕容部都屬鮮卑，原也爲同種，鮮卑上承匈奴，下傳契丹，本與漢人同種。《天龍八部》中陷入民族爭端的人物，包括喬峯與他的結義兄弟和情人阿朱、丐幫群雄和遼國君臣，都不知道這個複雜的史實，因而大多在喬峯的種族問題上陷入認識雙重的誤區，只有智光和阿朱的看法最正確。

高鼻多鬚，從蕭遠山、蕭峯父子的相貌看匈奴、契丹人的形貌特徵

《天龍八部》描寫蕭遠山的相貌：蕭遠山一直身穿黑衣，面帶罩幕，不肯露相。他在少林寺與蕭峯父子相認時，伸手拉去面幕。群雄「啊」的一聲驚呼，只

見他方面大耳，虬髯叢生，相貌十分威武，約莫六十歲左右年紀。小說描寫他是位「虬髯老人」。

蕭峯呢，段譽初次見他時，看見「這人身材甚是魁偉，三十來歲年紀，身穿灰色舊布袍，已微有破爛，濃眉大眼，高鼻闊口，一張四方的國字臉。」

蕭氏父子都身材高大，蕭峯因年紀尚輕，未似老父「虬髯叢生」，但「高鼻」的特徵，與鬚多一樣，與一般的漢人之面貌不同，具有胡人和匈奴人的形貌之特點。

小說雖只寫蕭峯高鼻，未寫蕭遠山高鼻，但蕭遠山和蕭峯父子初次相認時，蕭遠山哈哈大笑，說道：「好孩兒，好孩兒，我正是你的爹爹。咱爺兒倆一般的身形相貌，不用記認，誰都知道我是你的老子。」既然是一般的身形相貌，蕭遠山的相貌特徵除多鬚以外，自然也是高鼻。

上已言及段譽初見喬峯時，未見喬峯多鬚。一方面此固因喬峯當時年輕，未似老父「虬髯叢生」。另一方面，小說如描寫喬峯也有數寸的長鬚在鬢腳下和下巴處飄逸，便更符合生活的眞實。因爲一個三十來歲年紀的男子，其相貌和身材早已成熟定型，鬍鬚也已長齊了。這可以說是小說在描寫上的疏忽之處。

高鼻多鬚，是匈奴、契丹人的相貌特徵。但讀者也許會問：這有什麼根據呢？

關於匈奴人的容貌，古代史書沒有專門記載，王國維《西胡讀考》根據古書中一鱗半爪的片言隻語，作了簡明考證：《漢書》〈西域傳〉言自宛以西至安息，其人皆深目多鬚髯（兩頰上的長鬚）。儘管漢代人稱匈奴之西的西域為西胡，匈奴為胡，匈奴之東的民族為東胡，但漢人將深目多鬚髯作為所有胡人容貌的特徵，以「深目多鬚」四字盡之，有時則稱「深目高鼻」。如《北史》〈于闐傳〉說：「自高昌以西諸國人等皆深目高鼻，惟此一國（指于闐）貌不甚胡（相貌很不像胡人）。」漢以後所記載的胡人容貌，無不如此。如《世說新語》（六）（應為二十五）記：「康僧淵目深而鼻高，王丞相每調之。僧淵曰：『鼻者，面之山；目者，面之淵。山不高則不靈，淵不深則不清。』」後人因此而調侃胡人之面相：「山高水深，宛在其貌。」（梁簡文〈謝安吉公主餉胡子一頭啓〉）又如《太平廣記》卷第二百四十八引《啓顏錄》敘隋三藏法師辯捷過人。有一年僅十三的趙姓小兒見眾人辯他不倒，即考問他：「昔野狐和尚自有經文，未審狐作阿闍黎，出何典語？」因趙小兒大聲而語，所以和尚不回答他胡攪蠻纏的諷刺（「野狐和尚」暗譏他為「野胡和尚」）作為反擊，法師嘲笑他因年少而個子矮小，說：「此郎子聲高而身小，何不以聲而補身？」趙小兒即應聲報復說：「法師以弟子聲高而身小，何不以聲而補身。法師眼深而鼻長，何不截鼻而補眼？」眾皆驚異，起立大笑。法師生於中國，但父本商胡，他「儀容面目，猶作胡人」，故而小兒以「眼深鼻長」作笑料。又，《太平廣記》卷第四百三十五引《朝野僉載》敘宋蔡先代是胡人，歸漢三世矣。娶同郡游昌女，忽生一子，深目而高鼻，象其曾祖之胡人相貌。這是遺傳學中的返祖現象。

王國維認為，深目高鼻多鬚，「不獨西胡為然，古代專有『胡』名之匈奴，疑亦如是。兩漢人書，雖無記匈奴形貌者，然晉時胡、羯皆南匈奴之裔。《晉書》〈石季龍載記〉云：

> 太子詹事孫珍問侍中崔約曰：吾患目疾，何方療之？約素狎珍，戲之

曰：溺中（小便尿在中間）可愈。珍曰：目何可溺？約曰：卿（你的尊稱和愛稱）目睆睆（眼睛凹陷的樣子），正耐（禁得起）溺中。珍恨之，以告石宣。宣諸子中最胡狀（在諸人中相貌最具有胡人的形貌特點），目深，聞之大怒，誅約父子。

又云：

冉閔躬率趙人誅諸胡羯，無貴賤男女少長皆斬之，死者二十餘萬。屯據四方者，所在承閔書誅之，於是高鼻多鬚至有濫死者。

《安祿山事跡》（下）云：

高鞠仁令范陽城中殺胡者重賞，于是羯胡盡死。小兒擲于空中，以戈承之，高鼻類胡而濫死者甚眾。

事亦相類。夫安史之眾，素號「雜胡」，自兼有突厥、奚、契丹諸部。晉之羯胡則明明匈奴別部，而其狀高鼻多鬚，與西胡無異，則古之匈奴蓋可識矣。自後漢以來，匈奴寖微（逐漸衰落），而東胡中之鮮卑起而代之，盡有其故地，自是訖於蠕蠕（即柔然，用安撫懷柔的政策而歸附、同化）之亡，主北垂者，皆鮮卑同族也。後魏之末，高車、突厥代興，亦與匈奴異種。獨西域人民與匈奴形貌相似，故匈奴失國之後，此種人遂專有『胡』名。顧當時所以獨名爲『胡』者，實因形貌相同之故。觀《晉書》〈載記〉之所記，殆非偶然矣。」

王國維根據以上考證，推斷出匈奴人及其後裔鮮卑、契丹人的相貌爲深目、高鼻、多鬚，很是精當。他又進而指出：「隋唐以來，凡非胡人而貌類是者，亦謂之胡。」將相貌與胡人相同相似的漢人和其他民族的人都稱之爲「胡」。並引諸書關於唐五代之記載——

《劉賓客嘉話錄》言：「楊國忠知吏部銓，呼選人名，引入于中庭，不問資序，短小者通道參軍，胡者云湖州文學。」

李匡義《資暇錄》（下）云：「俗怖小兒曰麻胡來。」麻，指鬍子多，密麻麻的樣子。麻胡是多鬚的胡人。王國維說：「不知其源者，以爲多髯之神。」因多鬚的胡人，對漢人小兒來講，感到狀貌嚇人，所以大人嚇唬小兒時便說：麻胡來了！

李商隱《嬌兒詩》：「或謔張飛胡，或嘲鄧艾吃。」敘唐時三國故事盛行，人們嘲謔張飛多鬍、鄧艾口吃。張飛胡，即張飛是個大鬍子（多髯）。

《侯鯖錄》（四）：「王晉卿嘗過鞏洛間，道旁有後唐莊宗廟，默念始治終亂，意斯人必胡。及觀神像，兩眼外皆髭也。」

《太平廣記》（二百四十五）引《御史台記》云：邵景、蕭嵩俱授朝散大夫，二人狀貌類胡，景鼻高而嵩鬚多，同時服朱紱，對立于庭。韋鏗帘中獨窺而咏曰：「一雙胡子著緋袍，一個鬚多一鼻高。」

《云溪友議》載唐陸岩夢《桂州筵上贈胡子女》詩云：「自道風流不可攀，那堪蹙額更頹顏；眼睛深卻湘江水，鼻孔高於華岳山。」

故而王國維又一再強調：「是中國人貌類胡人者，皆呼之曰胡，亦曰胡子。此名當六朝人時本施之胡人。」「至唐而中國人貌類是者，亦謂之胡子。」是自唐以來皆呼多鬚或深目高鼻者爲胡或胡子。此二語至今猶存，世人呼鬚及多鬚之人皆曰胡子，「俗人制『鬍』字以代之。」「是唐人已謂鬚爲鬍，豈知此語之源本出於西域胡人之狀貌乎！」順便考證出漢人稱鬚爲鬍子的來歷。

漢人中有些人相貌像胡人：或高鼻，或深目，或多鬚，或兼具其兩者或全部。這些人可能相貌天然地似胡人，可能上代甚或遠祖（自黃帝至唐宋的四千年中之某一代或幾代）有匈奴、胡人的血統——純種或混血的後裔。

隔代或返祖遺傳，或隔一、二代，像祖父、祖母、外公、外婆和曾祖一代。曾面提到的宋蔡即如此。廣平宋蔡先代爲胡人，歸漢已三世，蔡先本人相貌已與漢人無異。又娶同郡游昌之女，亦爲漢人。而其子竟深目而高鼻，宋蔡懷疑此兒不是自己的，「蔡疑其非嗣（兒子），將不舉（撫養）。」正疑惑間——

> 須臾，赤草馬生一白駒。察悟曰：我家先有白馬，種絕已二十五年，今又復生。吾曾祖貌胡，今此子復其先也。遂養之。

此兒的返祖遺傳隔了四代。

漢人中有些人因以上兩個原因而高鼻、多鬚或者目眶較深，所以喬峯高鼻（因尚年輕而多鬚現象未及產生）的相貌未引起人的懷疑，在他身世被揭之前，他自己和別人都以爲是漢人。

契丹文字，漢人到底識不識？

前面談及，契丹中的一部分人是匈奴人的後裔。《史記》稱匈奴「無文書，以言語爲約束。」史學大師呂思勉的經典史著《中國民族史》認爲《史記》此語「乃謂其無文書，非謂其無文字也。然則匈奴之有文字舊矣。創制文字，實爲大業，雖乏史記，十口不得無傳。遼、金、元、清、西夏皆然。然則匈奴文字，非由自制。即非自制，舍中國將安所受之哉？漢遺單于書以尺一牘；中行說令單于以尺二寸牘，及印封，皆令廣長大；則其作書之具，正與中國同。從古北族文字，命意措辭，與中國近者，莫匈奴若，初未聞其出於譯人之潤飾也。然則匈奴與中國同文，雖史無明文，而理有可信矣。《史（記）》、《漢（書）》之不言，非疏也。〈西域傳〉云：『自且末以往，有異乃記。』記其與中國異者，而略其與中國同者，作史之例則然。然則《史》、《漢》之不言，正足爲匈奴與我同文之證矣。」這個推論甚爲確當。王國維《觀堂集林》〈匈奴相邦印跋〉：「匈奴相邦玉印，藏皖中黃氏。形制文字，均類先秦。」戰國時首相皆稱「相邦」，史作「相國」，因避漢高祖劉邦之諱。此印之跋，可證匈奴與漢人同文。

《漢書》〈匈奴傳〉又有一則有趣的記載：

> 孝惠、高后時，冒頓寖（音浸，逐漸）驕，乃為書，使使遺高后曰：「孤僨（音奮，仆倒，不能自立）之君，生于沮（音據）澤（水草所聚之處）之中，長於平野牛馬之域，數至邊境，願游中國。陛下獨立，孤僨獨居，兩主不樂，無以自虞（同娛），願以所有，易其所無。」

匈奴的這位單于（匈奴的最高首領）冒頓想入主中國，又稱自己孤單，竟異想天開地要與喪夫（劉邦已死）的呂后在男女間「互通有無」，即結親，但又講得極爲粗俗。呂后當然要勃然大怒，而且此時其子孝惠帝尚年幼，她正垂簾聽政，有決策之大權，所以：

高后大怒，召丞相平及樊噲、季布等，議斬其使者，發兵而擊之。樊噲曰：「臣願得十萬眾，橫行匈奴中。」問季布，布曰：「噲可斬也！前陳豨反于代，漢兵三十二萬，噲為上將軍，時匈奴圍高帝于平城，噲不能解圍。天下歌之曰：『平城之下亦誠苦！七日不食，不能彀弩（張滿弓弩）。』今歌唫（即『吟』）之聲未絕，傷痍者甫起（受創傷的創兵才可從病床上起來），而噲欲搖動天下，妄言以十萬眾橫行，是面謾（當面欺誆）也。且夷狄譬如禽獸，得其善言不足喜，惡言不足怒也。」高后曰：「善。」令大謁者張澤報書曰：「單于不忘弊邑，賜之以書，弊邑恐懼。退日自圖（考慮），年老氣衰，發齒墮落，行步失度，單于過聽，不足以自汙（『污』的異體字）。弊邑無罪，宜在見赦。竊有御車二乘，馬二駟，以奉常駕。」

呂后在盛怒之下，本擬起兵討伐，幸得季布提醒，漢方的軍事實力遠不及匈奴，只好懇求對方不要進攻漢朝的疆土（還用了謙卑之辭「弊邑」，猶言鄙國）；又婉拒單于的「求婚」，說您誤聽（過聽）了別人的傳言，實際上我已年老氣衰，頭髮、牙齒也都已脫落，走路也已搖晃無力，我自己也感到應該自慚形穢；又贈送冒頓厚禮。呂后本是個驕妄剛愎的女皇，苦於沒有實力，只能卑辭求和，眞是弱國無外交啊！

從以上匈、漢兩封來往的信件可看出匈奴氣焰的囂張；又未提及書信需要翻譯，這也可證明匈奴和漢潮的文字是相同的。

匈奴與漢人同文，但匈奴的文字到契丹時早已失傳。故而史稱：契丹先世，本無文字。《新五代史》〈四夷附錄〉謂「漢人教之（契丹）以隸書之半增損之，作文字數千，以代木刻之約。」契丹大字，實出中國。《遼史》〈太祖本紀〉：「神冊五年（公元九二〇年），始制契丹大字。」另有契丹小字，出於回鶻，未嘗通行。《遼史》〈皇子表〉敘迭勒「性敏給。回鶻使至，無能通其語者。太祖使迭勒迓之。相從二旬，盡習其言語。因制契丹小字，數少而該貫」。

契丹和遼國通行契丹大字，《遼史》〈突呂不傳〉指出：「制契丹大字，贊成爲多。」

《天龍八部》第十六章〈昔時因〉描寫蕭遠山在跳崖前用短刀在山峰的石壁上劃字，那些契丹文字深入石中，幾及兩寸。智光大師、汪幫主和帶頭大哥（段正淳）盡皆不識，於是用白袍衣襟拓下，找到一個常往遼國上京販馬識得契丹文字的牛馬販子，請他譯成漢字，他們方知其意思。蕭遠山刻劃的契丹文字，照《遼史》記載的史實描寫，應是契丹文字，其形狀應如隸書。契丹大字「以隸書之半增損之」，漢人見了，也許能猜出一點意思，也許一點也看不懂。《天龍八部》的有關描寫，屬於小說家言，但仍未離歷史眞實。蕭峯在智光大師處看到蕭遠山刻在石壁上的遺文拓片，只見用許多衣袍碎布綴在一起的一塊極大的舊布上，一個個都是空心白字，筆劃奇特，模樣與漢字也甚相似，卻一字不識，知是契丹文字。空心白字，是蕭遠山用刀在山峰石壁上劃下的，所以「空心」。模樣與漢字也甚相似，可見寫的是以漢字「隸書之半增損之」的契丹大字。漢人一般當然都不認識。

不同的習俗，可見匈奴與契丹強悍之原因

《史記》和《漢書》記敘匈奴的習俗說：

居于北邊，隨草畜牧而轉移。其畜之所多則馬、牛、羊，其奇畜則橐佗（即駱駝）、驢、羸、駃騠、騊駼、驒奚。逐水草遷徙，無城郭常居耕田之業，然亦各有分地。無文書，以言語為約束。兒能騎羊，引弓射鳥鼠，少長則射狐菟，肉食。士力能彎弓，盡為甲騎。其俗，寬則隨畜田獵禽獸為生業，急則人習戰攻以侵伐，其天性也。其長兵則弓矢，短兵則刀鋋。利則進，不利則退，不羞遁走。苟利所在，不知禮義。自君王以下咸食畜肉，衣其皮革，被旃裘。壯者食肥美，老者飲食其餘。貴壯健，賤老弱。父死，妻其後母；兄弟死，皆取其妻妻之。其俗有名不諱而無字。

《漢書》〈匈奴傳〉又記中行說的話說：

匈奴人衆不能當漢之一郡，然所以強之者，以衣食異，無卬（通「仰」，仰望）于漢。

匈奴之俗，食畜肉，飲其汁，衣其皮；畜食草飲水，隨時轉移。故其急則人習騎射，寬則人樂無事。約束徑（直接），易行；君臣簡，可久。一國之政猶一體也。父兄死，則妻其妻，惡種姓之失也。

中行說又解釋：

匈奴明以攻戰為事，老弱不能鬥，故以其肥美飲食壯健以自衛，如此父子各得相保，何以言匈奴輕老也？

呂思勉《中國民族史》第三章〈匈奴〉指出：「匈奴政教風俗，與中國相類者極多。」又精闢地指出：「匈奴之俗，與中國尚文之世，若不相容，而反諸尚質之世，則極相類。」

呂思勉先生具體分析匈奴和漢族習俗相類之原因和相類之處。相類之原因是匈奴的「大部落，實自皇古以來，即與漢族雜居黃河流域也。則其漸染漢族文化之深，固無足怪矣」。

相類之處：中國之俗，敬天而尊祖。而《史記》〈匈奴列傳〉記匈奴諸長少于每年五月，「大會龍城，祭其先（祖先）、天地、鬼神」。《後漢書》稱其俗歲有三龍祠，嘗以正月、五月、九月戊日祭天神。合二書觀之，蓋此三會皆祭天地，並及其餘諸鬼也。因此，匈奴也敬天而尊祖。

「單于朝出營，拜日之始生；夕拜月。」亦與中國朝日夕月合。

中國有五行干支之說。匈奴也講究五行，圍高帝（漢高祖）於平城時，其馬兵：西方盡白，東方盡驪（青馬），北方盡驪（深黑），南方盡騂（赤馬）。西方爲金，故白；東方爲木，故草綠色；北方爲水，故而黑色；南方火，故棗紅色。其戰馬之色彩按五行金木水火排列。又，「月尙戊己；祭天神以戊日。」也以干支記日。

中國古俗信巫，匈奴也信巫。漢武帝時的貳師將軍李廣利出擊匈奴，兵敗投降。一年多後，衛律妒忌他得寵於單于，正好其母閼氏患病，衛律飭（命令）胡巫騙單于說：「先單于怒曰：胡故時祠兵，嘗言得貳師以社（祀社神，社神即土地神），今何故不用？」單于聽巫說他的父親（先單于）在陰世已發怒，馬上照辦殺了貳師將軍李廣利祭神。漢武帝時，匈奴縛馬前後足，置城下，馳（揚）言：「秦人（指漢人），我匄（『丐』的異體字，意爲給予，施予）若（你們）馬。」用這種「縛馬」的方法「詛軍事」，詛咒漢方軍事不利。「聞漢軍當來，匈奴埋羊牛所出諸道及水上以詛軍。」將其類東西埋在被詛咒者必經之路的底下，以使其倒楣，這是巫術中常用的巫蠱之術的一種。甚至「單于遺（音位，贈送）天子馬裘，常使巫祝（音咒，通咒，咒詛）之。」即匈奴贈送漢朝皇帝的禮物（馬、裘皮之類）竟也先令巫詛咒、施法術後才送到漢朝宮廷。匈奴和漢族一樣，信巫成風。

本書前曾說過：匈奴的習俗與漢人相差極遠，而此又引呂思勉先生的觀點和論證，認爲「匈奴政教風俗，與中國相類者極多。」是否前後矛盾？並不矛盾。

這是因爲，誠如呂思勉先生所說：「匈奴之俗，與中國尙文之世，若不相容，而反諸尙質之世，則極相類。」

呂思勉先生又具體分析說：「其送死，有棺槨、金銀、衣裳而無封樹、喪服。近幸臣妾，從死者數百人。」此古者不封不樹，喪期無數及殉葬之俗也（周代以後的葬禮，堆土爲墳，叫「封」；種樹做標記，叫「樹」。）「父死，妻其後母；兄弟死，皆取其妻妻之。」此晉獻公所以烝（音征，古指同母輩通姦）于齊姜，象所以欲使二嫂治朕棲也。（另如《左傳》桓公十六年：「衛宣公烝于夷姜。」夷姜，宣公庶母。）「有名不諱而無字」，幼名，冠字，（幼時取名，成年時取表字）本乃周道也。「貴壯健，賤老弱；壯者食肥美，老者食其餘。」此古之人所以兢兢於教悌也。」利則進，不利則退；不羞遁走。苟利所在，不知禮義，春秋時戎狄之俗皆如此。尤其久與漢族雜居河域之征也。其文教雖不如中國乎？然《史記》稱其獄久者不滿十日；一國之囚，不過數人。」中行說謂其「約束徑易行，君臣簡可久；一國之政猶一體」；猶足想見古者刑措不用；及未施信於民而民信，未施敬于民而民敬之風焉。要之匈奴之俗，與周以後不相類，若返諸夏、殷以前，則我國之俗，且可資彼以為借鏡也。此其俗之相類者也。

呂思勉先生上述論述中，最後一段非常精當。匈奴的習俗與西周以後的尚文時代有很大差別，而與夏、商之前的尚質時代則相類似。夏商之前的文獻極少或者尚未發現，所以觀察匈奴，可以推知夏商之前華夏人民的風俗習氣。那麼作為匈奴人的後裔或部分的後裔，契丹的情況又怎樣呢？《北史》〈契丹列傳〉言其習俗：「其俗與靺鞨同，好為寇盜。父母死而悲哭者，以為不壯。但以其屍置於山樹之上，經三年後，乃牧其骨而焚之。因酹酒而祝曰：『冬月時，向陽食，若我射獵時，使我多得豬、鹿。』其無禮頑囂，於諸夷最甚。」《隋書》〈北狄列傳〉照抄，《舊唐書》〈北狄列傳〉則曰：「其俗死者不得作塚墓，以馬駕車送入大山，置之樹上，亦無服紀。子孫死，父母夕哭之；父母死，子孫不哭，其餘風俗與突厥同。」《新五代史》〈四夷附錄〉亦基本照抄《北史》：「契丹比佗夷狄尤頑傲，父母死，以不哭為勇，載其屍深山，置大木上，後三歲往取其骨焚之，酹而呪曰：『夏時向陽食，冬時向陰食，使我射獵，豬鹿多得。』其風俗與奚、靺鞨頗同。」《新五代史》的作者歐陽修是宋代的詩文大家，所以他改動了一些文字，尤其是祝詞改成詩歌體，頗具韻律之美。又補充：「契丹好鬼而貴日，每月朔旦，東向而拜日，其大會聚、視國事，皆以東向爲尊，四樓門屋皆東向。」

以上所敘契丹的習俗，「好爲寇盜」，與匈奴同，喜歡劫掠別人的財產。這當然是匈奴與契丹統治者的習性，並以此爲倡導，民風便大壞，以頑傲凶悍爲尙。好爲寇盜、以頑傲凶悍爲成才目標，契丹便與匈奴一樣，青壯年平時以長力、習武、射獵爲長年的人生必須課目和生活中的首要內容，性格凶狠霸道（甚至父母死，子孫也不哭，以悲哭爲不壯勇），這個民族便培養和形成強悍的民風。

匈奴、契丹和漢族，既然同種，爲何習俗風氣相差極遠？這是因爲生活的環境、地理不同，更是因爲文化發展的不同。我們可以美洲印第安人和漢族的不同、越族和漢族的不同，來作一個比較的說明。

越族，據歷史學家研究和考證，原居中央亞細亞高原，後向東南發展：往南至今之印度，往北至今之江蘇、浙江、山東、河北、遼寧，更東則抵朝鮮；另有一支入海，先至南洋群島，向東北到日本，再往東即抵達美洲。在中國大陸的，一部分與華夏民族同亡，另一部分退至今四川、雲南一帶。春秋之前，越人仍占據長江下游和淮河流域。當時淮河以北稱爲夷。商紂王征東夷，大獲全勝。周武王乘商紂王遠征東夷，國內空虛之時伐商，紂王國回師西救，終因在與東夷作戰時消耗了實力，此爲敗給周武王的重要原因之一。春秋之後，越人的勢力已退到浙東一帶，勾踐之祖先在此建立越國。後又受漢人擠壓，越人之一部分又與漢人同化外，大部分沿福建、廣東退入越南，再至南洋群島，與原先在南洋群島的越人匯合。沿途當然留下不少越人，稱爲閩越（福建）、南越（又稱粤，在今兩廣即廣東、廣西和越南北部）和越南。其中大部分也逐步與漢人同化，越南雖保持著自己的民族，但接受了許多中國文化，習俗也與兩廣的漢人靠攏，與古代在長江流域時「披發文身」時代，有了極大的變化。他們所接受的是周代以後發展至明清的中國文化，故而習俗多同漢族，而與南洋群島的由古代越人發展而來的馬來人、印尼人相差很遠。

美洲的印第安人乃是分三批由東方到達美洲的。第一批爲上古的越人，前已言及，由日本向東漂海至美洲。第二批爲商周之際的殷人。第三批爲秦漢至宋代，歷代漂海東去的華夏族人。有的學者認爲田横屬下之五百壯士並未自殺，他們東渡亡命去了美洲。其中最重要的、東去的人數最多的是殷人。據中外多位史學家的研究，商紂王與周武王決戰時，其眾多部隊尚在今山東、江蘇交界地區與東夷交戰處未及趕回朝歌，紂王即已兵敗並自焚。大批殷軍滯留於此，不肯投降周朝，便與大批不肯臣服周朝的民眾東撤，或者直接從滿海上往東進發，部分留在日本，部分繼續東航，於美洲登陸；或者經今東北，通過亞洲東北端狹窄的白令海峽（或渡海而過，或冬季冰凍時步入。冰凍時，狗拉的雪橇只要一晝夜即可走完白令海峽到達北美的阿拉斯加）。殷朝遺民到達美洲，成爲印第安人的主體。印第安人的習俗和拉丁美洲的三大印第安文化：墨西哥南部的阿茲特克文化、中美洲的瑪雅文化和秘魯的印加文化，都應映照出中國商殷時代的習俗和文化。筆者所著「文學名著比較研究叢書」之一《神秘與浪漫——文學名著中的氣功和特異功能》（南昌，百花洲文藝出版社一九八八年一月第一版）上編第八章〈《紅樓夢》：氣學理論的經典演繹〉比較《紅樓夢》中馬道婆受趙姨娘所託，用魘魔法令寶玉與鳳姐發瘋和瑪雅人的同類手法相似。又引胡春洞《瑪雅文化——

論瑪雅與華夏文化同源》（復旦大學出版社，一九九七）中的一節：

瑪雅人與舊時代的中國人一樣，相信巫蠱（應作「蠱」）之術。「如果某人被懷疑為殺人凶手，被害者家屬復仇時就向普拉火伯禱告，並用泥捏一小人，一枚針刺入小泥人的頭部或心理，然後把它悄埋在被懷疑者的住房門口。一旦該人從上面走過，他就會生病。如果他有罪，便會死掉；無罪，則會好轉。（Tozzer, Alfred M. 1907. A Comparative Study of the Mayas and the Lacandones. London: Macmilan.）這和我國古代史書所記載的漢武帝時有名的巫蠱（蠱）之獄的情節極為相像。中國的巫蠱（蠱）也是以咒詛和埋或藏小人以達到企圖害人的目的。（第三十三頁）

本節前已述及，匈奴也喜用這種方法，只是埋藏必經之處的不是小人而是羊牛。

匈奴、鮮卑、契丹和印第安人的習俗和文化，都帶有華夏民族周代尚文時代以前的原始尙質色彩，未經儒道兩家尤其是孔學與儒家教育與薰陶，文明程度很低，文化很不發達。

反過來說，華夏民族在遠古時代也以游牧爲主，農業經濟尙未占主流，因經常與野獸搏鬥，習俗與匈奴相類似也是孔武有力的民族。故而黃帝領導下的華夏先民，能先後戰敗炎帝；擊殺蚩尤，將苗族逐出中原，流落到雲貴和川湘；又北逐葷粥，將匈奴趕到後世的長城以北。當時華夏先民戰無不勝，勇武善戰。後來進入農業社會，與莊稼打交道而不是與野獸打交道，強悍而善於冒險的習性漸滅，求穩定、文靜的習性使民心趨向和善保守，所以幾千年來大受北方游牧民族的侵略和壓迫，常被奪去部分和半壁江山，甚至亡國，全境被占領和受奴役。

蕭峯的故國——遼國的興亡與遼宋的戰爭

二十四史中最早記載契丹的，是《魏書》。根據《魏書》的記載：「契丹國在庫莫奚東，異種同類，俱竄于松漠間。登國中，國軍大破之，遂逃迸，與庫莫奚分背。」契丹產生於北魏時，前已言及，鮮卑中的宇文部的別支爲北魏道武帝（拓跋珪）所破，即分裂爲二：西爲奚，東爲契丹，即據《魏書》的以上記載。登國爲道武帝最早的年號，登國一至一〇年爲公元三八六—三九五年。此後即改稱皇始、天興、天賜。可見契丹產生於公元三八六——三九五年之間，共有八部。《魏書》又記載：太和三年（公元四七九年）契丹懼高麗侵軼，賀勿于率其部落軍三千乘、眾萬餘口，請求內附于中原。《北史》又記載：「（北齊）天保四年（公元五五三年）九月，契丹犯塞，文宣帝（北齊開國皇帝高洋）親戎北討，至平州，遂西趣長塹。詔司徒潘相樂帥精騎五千，自東道趣青山；復詔安德王韓軌帥精騎四千東趣，斷契丹走路。帝親踰山嶺，奮擊大破之，虜十萬餘口、雜畜數十萬頭。相樂又于青山大破契丹別部。所虜生口，皆分置諸州。其后復爲突厥所逼，又以萬家寄于高麗。」此爲史載契丹首次南侵中原而爆發的戰爭，契丹失敗，被俘甚眾。隋文帝時，契丹與中原保持和平，開皇五年（公元五八五年），隋文帝同意契丹「居其故地」，此後原依附高麗的契丹別部也率眾內附。後「部落漸眾，遂北徙，逐水草」，在遼西正北二百里處依水定居，「分爲十部，兵多者三千，少者千餘」。《隋書》〈北狄列傳〉又補充說：「逐寒暑，隨水草畜牧。有征戰，則酋帥相與議之，興兵動眾合符契。」

唐初，契丹於武德（唐高祖李淵的年號）初年（六一八年）數抄邊境。二年（六一九年）入侵平州。唐太宗貞觀二年（六二八年）其首領摩會率其部落來降。唐太宗伐高麗時，到營州，會見契丹君長及老人等並賜禮物。又授契丹蕃長窟哥為左武衛將軍。貞觀二十二年窟哥等部都請求內屬，於是唐太宗設置松漠都督府，命窟哥為左領軍將軍兼松漠都督府，賜姓李氏。

契丹另有別部酋帥孫敖曹，在隋朝時為金紫光祿大夫。唐高宗武德四年（六二一年）遣使內附，唐高宗下詔，令他率部落於營州城傍安置，授雲麾將軍，行遼州總管。他的曾孫萬榮與其妹婿松漠都督李盡忠（窟哥的後代）都受營州都督趙翽的侵侮，於是二人舉兵殺趙翽，據營州作亂。旬日之間，軍隊發展至數萬人，所向披靡，進逼檀州。武則天三次派兵討伐，最終增兵至三十萬，三戰三敗。不久李盡忠死，萬榮代領其眾，攻陷冀州，殺刺史陸寶積，屠官吏、男女數千萬。不久突厥和奚攻擊他的後方，萬榮棄眾東走，遭唐軍伏擊，萬榮被其家奴殺死，契丹餘眾都降突厥。

唐玄宗開元三年（七一五年），首領李失活（李盡忠的堂弟）又率各部落內附，於是又置松漠都督府，封李失活爲松漠郡王，唐玄宗封宗室外甥女楊氏爲永樂公主下嫁李失活。李失活死後，唐和契丹關係時好時壞，天寶十年（七五一年）安祿山誣報契丹酋長欲叛，請求出兵討伐。八月，安祿山率兵數萬與契丹大戰，結果大敗而還，死掉數千人。天寶十二年（七五三年），契丹又來降附。唐德宗貞元四年（七八八年）契丹聯合奚入侵一次，大掠人畜而去。此後一直與唐友好，附爲屬國。唐武宗會昌二年（八四二年）應契丹的請求，賜「奉國契丹之印」，以代舊用的回紇印。

綜觀整個唐代，契丹歷代首領多願內附或友好相處，只是朝廷和邊疆的有些官吏處置不當或橫加欺凌才逼使他們叛亂；契丹無理入侵的次數屈指可數。但至唐末，契丹王欽德乘中原多故，北邊無備，於唐僖宗光啓年間（八八五—八八七）時而入侵，蠶食諸郡。後劉守光用計擒獲舍利王子，才迫使欽德乞盟求和。

後耶律阿保機代欽德爲主，自稱國王，於公元九〇七年建立遼國，但當時仍稱契丹；又於公元九一六年稱帝，建元神冊，爲遼太祖。耶律阿保機於公元九二六年死後，其子耶律德光繼位，爲遼太宗，於九四七年改國號契丹爲遼，直至一一二五年金滅遼，立國二百餘年。

唐滅亡時，中國進入五代十國時期（九〇七—九六〇）。天祐四年（九〇七年），阿保機進攻玄中，後唐武皇遣使求和。燕國劉守光末年（九一三年），政苛民慘，軍士亡叛都投奔契丹。契丹盡得燕中人士，教之漢族的文化法律制度，於是更爲強盛。後唐民宗天祐十三年（九一六年），遣周德威進攻劉文進，劉文進引契丹數十萬軍隊，大敗周德威。幽、薊之間，契丹騎兵遍滿山谷，捉住漢人，以長繩連頭縛在樹木上，漢人乘黑夜多自解逃去。

阿保機用幽州漢人韓延徽（八八二—九五九）爲謀士。韓延徽建議阿保機發展農業，穩定契丹境內的漢人；又草創制度，強化君權；更幫助籌劃軍事，兼並党項、室書各部，侵滅諸國，收附女直等，終於統一並稱雄北方。

阿保機善漢語，他卻對人說：「吾解漢語，歷口不敢言，懼部人效我，令兵士怯弱故也。」而其子遼太宗耶律德光，本名耀屈之，後慕中華文字，於是改名德光。

德光即位後發兵南侵，天顯十一年（九三六年），借後唐叛將石敬塘求援機會，立他爲晉帝，取得燕雲十六州（今河北、山西兩省北部）。會同九年（九四六年），南下滅後晉，次年改國號契丹爲遼，因軍民紛起反抗，被迫北返，病死道上。

德光殘暴，滅後晉後括借天下錢帛以賞軍。又不給部下人馬糧草，「遣數千騎分出四野，劫掠人民，號爲『打草穀』，東西二三千里之間，民被其毒，遠近怨嗟。」（《新五代史》攻破相州，「城中男子無少長皆屠之，婦女悉驅以北。」後漢「得髑髏十數萬枚，爲大冢葬之。」（同上）

遼國早在五代初年即天祐十三年（九一六年），後唐莊宗的偏將盧文進叛而亡入契丹，教契丹爲火車、地道、起土山等攻城方法。（《新五代史》）因此華北地區中國軍民在二十世紀四十年代抗日戰爭中所用的地道戰方法，乃古已有之的傳統法寶。《新民晚報》一九九九年四月三十日發表賀海〈宋遼時期的地下古戰道〉說：

北京西南房山區張坊鎮不久前開發出一處千餘年前宋遼時期的古戰道。

宋遼時期兩國戰爭頻繁，前後延續了數十年之久。張坊古鎮，西靠太行山，南臨拒馬河，歷史上地處咽喉要道，為兵家必爭之地。當時房山一帶正是兩國交兵的古戰場。據專家多次考證，並參考這次地下軍事設施的建築結構，認為可能是當時宋將楊六郎所修。

這處古戰道位於地下四米處，現開發出一部分，長約八十米。這一段埋於地下雖千年，但保存得十分完整。戰道完全是青磚結構，順砌，上下錯縫，頂部為立磚順砌，據專家考證，這種砌法與宋代營造法吻合。

對於這處古戰道，過去還有一種說法，認為是遼國所建，遼代長達二一〇年，主要統治者是契丹族。遼軍不但善于作戰，並講究策略，歷史上曾經有過「穴地進城」的先例，因此，這處地下軍事設施可能是遼將所築。

總之，它是宋遼時期的戰爭遺物，也是北京地區到目前為止發現的唯一的地下古戰道，有一定的歷史價值。

此文作者和當代的一些史學家未注意到《新五代史》記載遼國的地道戰手法也是學自漢人，在宋代建國之前已會使用了。

當趙匡胤於公元九六〇年發動陳橋兵變，建立宋朝時，誠如金庸在《天龍八部》中所說：「其時遼國是天下第一大國，比大宋強盛得多。」蕭峯在遼國被封爲楚王，官居南院大王，坐鎮南京。《天龍八部》介紹：「遼時南京，便是今日的北京，當時稱爲燕京，又稱幽都，爲幽州之都。後晉石敬塘自立稱帝，得遼國全力扶持，石敬塘便割燕雲十六州以爲酬謝。燕雲十六州爲幽、薊、涿、順、檀、瀛、莫、新、嬀、儒、武、蔚、雲、應、寰、朔，均是冀北、晉北要地。自從割予遼國之後，後晉、後周、宋朝三朝歷年與之爭奪，始終無法收回。燕雲十六州占據形勝，遼國駐以重兵，每次向南用兵，長驅而下，一片平陽之上，大宋無險可宋，宋遼交兵百餘年，宋朝難得一勝，兵甲不如固是主因，而遼國居高臨下以控制戰場，亦占到了極大的便宜。」介紹宋遼戰勢和五代以來冀北、晉北情況，完全符合史實。《天龍八部》又描寫蕭峯帶阿紫出西門打獵，路遇從南邊「打草穀」回來的遼軍官兵和被劫擄來之宋朝年輕女子和少男，其所描寫的地理即所引上文發現古代地道的北京西南房山區一帶。「打草穀」，前已言及是耶律德光於九四七年（宋朝建立前十三年）南下滅後晉後始作俑者的暴行。《天龍八部》描寫蕭峯目睹「打草穀」的慘狀，是金庸忠於史實並作生動描繪的手筆。

遼宋戰爭自北宋建立之初即爆發，遼國多次派兵南下，宋遼之間衝突不斷。宋朝開國皇帝太祖趙匡胤全力整頓南部和統一南方，對遼軍的侵擾採取來則備禦，去則即止的防禦方針。宋太宗趙光義太平興國四年（公元九七九年），北宋滅北漢，宋遼直接對峙。宋軍於消滅北漢時，在太原集結數十萬軍隊，越過太行山東進，攻打遼國占領的幽州，自六月二十五日起圍攻十餘日，未克，七月初六，遼景宗耶律賢派遣的援軍到達，雙方激戰，宋軍大敗，趙光義中箭負傷，乘驢車南逃，僅以身免。

雍熙三年（公元九八六年），遼聖宗耶律隆緒繼位，年僅十二歲，由皇太后蕭氏攝政。宋朝君臣以爲遼國「主少國疑」，內部不穩，於正月發兵三路北進。三月初，中路軍和東路軍進入遼地，攻勢頗順，但東路曹彬軍進展過速，糧盡後被迫後退，五月初再次進攻涿州時因值夏季，途中缺水，士卒困乏不堪，被遼軍擊得大敗，死傷數萬人。遼軍獲勝後，於七月初以十餘萬兵力西移，趙光義令西路主將潘美退駐代州，派兵掩擭附近四州居民南遷。潘美在敵我兵力懸殊的情況下，強令副將揚業（楊老令公）出擊，楊業被迫孤軍北進，遭遼軍伏擊而大敗，退至陳家谷口時，潘美又不按原定派兵接應，致使楊業全軍被殲，自己受傷被俘，不屈而死。

宋軍主力在兩次戰爭中喪失殆盡，無力再戰，只能採取守勢，宋廷產生嚴重的恐遼情緒，聞風喪膽，被動挨打。遼軍乘勢多次南下攻宋，於雍熙三年（公元九八六年）十一月，四年（九八七年）正月，端拱元年（九八八年）連續大敗宋軍，攻占多處地域，縱兵大肆搶掠。咸平二年（公元九九九年）以後，遼軍又大舉南下，攻占十多個州軍，屠殺無辜百姓，損壞房屋莊稼，擄掠人畜財物，給河北、山東一帶的城鄉百姓帶來巨大的災難。

景德元年（一〇〇四年）閏九月，蕭太后與遼聖宗母子起傾國之師，大舉攻宋。遼軍在河北一帶受到宋軍堅決抵抗，輾戰不利，死傷數萬人後，乘隙進軍澶州（今河南濮陽），深入宋朝腹地。宋廷驚恐萬分，眾臣力主南逃金陵（今南京市）或西逃四川，幸得宰相寇準力排眾議，主張宋眞宗親征。眞宗在寇準的鼓勵和輔助下，親到澶州前線，使宋軍士氣大振。宋方幾十萬大軍迅速集結澶州，而此時遼方孤軍深入，主將撻覽被宋軍擊斃，腹背受敵，處境險惡。眞宗昏庸怯懦，不敢與遼軍決戰，竟與對方議和，簽訂和約。因澶州又稱澶淵，故史稱「澶淵之盟」。雙方約定：宋遼兩國爲兄弟之國，仍按此前舊界爲雙方國界，遼軍撤退時宋軍不許在沿途攔擊；宋每年給遼銀十萬兩，絹二十萬匹，稱爲歲幣。宋朝本可乘此機，殲滅入侵遼軍，竟昏庸地坐失良機，反而訂立屈辱的和約，造成北宋積弱積貧的嚴重後果。

遼國於「澶淵之盟」後因內部統治不穩，又感難以再打敗宋朝，便不再進兵南下。此後一百多年，宋遼基本無戰事。《天龍八部》所描寫的時代，即屬於宋遼和平時期。

宋朝河北、山東和河南地區，在宋初的四十餘年中飽受遼軍入侵的戰亂之苦，遼軍屠殺劫掠、破壞，無所不用其極，漢族百姓受此蹂躪，無怪對契丹族的遼國恨之入骨。喬峯在此背景下，被揭出爲契丹人，故而被漢人仇視。

遼朝在聖宗統治下進入全盛時期。在打敗宋太宗之後，遼又西攻，使西境的韃靼兵投降；東侵高麗，高麗國王顯宗請和，向遼納貢。

遼聖宗於太平十一年（一〇三一年）病死，子興宗即位，他死後再傳至道宗耶律洪基即位。道宗在位長達四十五年，遼朝進入衰亂時期。壽隆七年（一一〇一年）正月，道宗病死，天祚帝即位。天慶四年（一一一四年），女眞族人首領完顏旻（阿骨打）攻占遼地，次年建立金朝。宋聯合金，合攻遼國。保大五年（一一二五年）金兵俘獲天祚帝，遼朝滅亡。

一一二四年，遼皇族耶律大石率部西進，一一三〇年再向西發展，征服突厥人的眾多部落，在葉密立（今新疆塔城一帶）建城，一一三一年被擁立爲帝，重建遼朝，史稱西遼，又稱哈剌契丹（黑契丹）。西遼於一二一八年爲蒙古所滅。

六國形勢，遼國最大最強地位最高

在《天龍八部》描寫的時代，中國當時主要分爲五國和一個地區：宋、遼、西夏、大理、吐蕃和女眞。

吐蕃由羌族立國。羌族古居中國西部，高朝的甲骨文已有記載，東漢時部落多至一百五十個，西晉時遼東鮮卑慕容部酋長涉歸的庶子吐谷渾率部西遷，其子孫征服羌族，在青海建立吐谷渾國，北朝時，國土廣數千里，唐初分裂爲東西兩部，羌族逐漸進入西藏，又將分立的諸國合併爲統一的大國吐蕃，在此同時，羌族爲藏族（或蕃族）所替代，至松贊干布統治時強盛起來，公元六二九—七九七年處於強盛時期，不斷向唐朝進攻，占領西域、南詔等地。因連年作戰，於七九七—八四六年進入衰落期，終於亡國，在唐後期至宋末一直處於分裂狀態，後被元朝併入中國版圖。

大理國所在的雲南，各族聚居，名號繁雜。戰國時，楚將莊蹻率兵來到滇池，建立滇國。公元前一〇九年，漢武帝遣派將軍郭昌滅滇國，置益州郡，東漢增置永昌郡。三國時諸葛亮平定南方，又增置興古、雲南二郡。唐天寶年間，雲南成立南詔國，以烏蠻蒙姓爲國王，白蠻大姓爲輔佐。七三八年，在唐朝的幫助下皮羅閣統一六詔，至九〇二年鄭買嗣滅國南詔，共立國一百六十五年。鄭買嗣建立大長和國，傳位至其孫鄭隆亶被楊干貞滅國，擁立趙善政為驃信，國號大天興，又名興源國。九二九年，楊干貞廢趙善政自立，改國號為大義寧。九三七年，通海節使、白蠻貴族段思平滅大義寧國，建立大理國。一〇九九年（宋哲宗元符二年），大理國王段壽輝讓位給擁立自己的段氏臣高智升之子高升泰，高升泰改國號為大中國，高升泰死，其子高泰明又讓位給段正淳，改國號為後理國。一一一六年（宋徽宗政和三年），後理國王段和譽遣使來宋朝朝貢，宋徽宗封段和譽為大理國王。一二五三年，元憲宗命忽必烈率兵入雲南，擒段興智及高泰祥，滅大理國。大理國自段思平至段興智，凡二十二主，三百十七年。

大理國王段氏自稱祖先是漢人，在大理國推行漢文化。大理國滅亡後，雲南和內地又並成一體，白蠻族中的大部也和漢族融合，被漢族所同化。

《天龍八部》中的段正淳為真實歷史人物，但他本是後理國王；段譽去掉段和譽中間一字，確是大理國王，在時間上則比小說晚了二十餘年。大理與宋朝保持友好關係，維繫了民族的團結。

西夏是党項族為主體民族所建立的國家。党項族是羌族的一支。原居住在青海東南部，隋唐時期向四面發展，後吐蕃北上滅吐谷渾，党項部落請求內遷，唐朝將他們逐步遷到今陝西北部一帶。宋朝建立後，党項部所據的夏州等地區形式上仍是宋朝的一部分，實際則處於割據狀態，後因宋太宗的政策失誤，未能鏟除李氏割據政權，至一〇三一年李元昊繼位，改姓嵬名氏，發布禿發令，恢復鮮卑舊俗，又整飭軍政，向四周軍事擴張，於一〇三八年正式稱帝（景宗），國號大夏，漢籍中則史稱西夏，境土包括今寧夏全部、甘肅大部、陝西北部和青海、內蒙的部分地區。自元昊稱帝，共傳十代，先後與北宋、遼及金、南宋鼎立，一二二七年爲蒙古所滅。

西夏景宗稱帝後，先與宋朝連年作戰，後又與遼大戰。宋仁宗康定元年（一〇四〇年）、仁宗慶歷元年（一〇四一年）、二年（一〇四二年）西夏與宋三次大戰，都大敗宋軍。慶歷四年（一〇四四年），夏國王元昊取消帝號，宋冊封其爲夏國主，對宋稱臣；宋每年賜給西夏銀七萬兩，絹十五萬匹，茶三萬斤。同年，遼興宗親率大軍，攻入西夏，兵敗潰退，夏遼議和。從此，形成北宋、西夏、遼國鼎立的局面。

在《天龍八部》描寫的時代，宋哲宗紹聖二年（一〇九五年）宋宰相章惇策動對西夏的攻勢，他先後在邊境修建了平夏城、靈平砦等五十餘個城寨，並發兵連破洪州、鹽州，一度攻入宥州。西夏全力反攻平夏城，無效。北宋在攻下的地區建立西安州等，築固了邊防，西夏受到嚴重威脅，便採取守勢，附遼和宋，以求生存。宋徽宗繼位後，童貫連年進攻西夏，結果大敗。

《天龍八部》所描寫的時代，大理時稱後理，吐蕃四分五裂；北方女眞尚未立國，宋、遼、西夏三個大國鼎立。遼的疆城東北到今日本海南到今天津、河北霸縣、山西雁門關一線與宋接界，東北到外興安嶺和鄂霍次克海，北到今色楞格河、石勒喀河一帶。

在遼道宗耶律洪基時期，遼國雖由盛轉衰，卻依舊是北中國地區最強大的國家。宋朝每年向它輸納金銀財帛，西夏、高麗向它朝貢，女眞內附。

宋受遼之欺凌，宋朝的北方人民備受遼軍的蹂躪。同樣宋軍對邊地的契丹人民也有欺凌和殺戳的惡劣行徑。而漢人寫的史書往往只記載外族對漢人的侵犯和欺凌，卻無視漢人軍隊對外族百姓的欺凌殺戮，有時對這種行徑還作正面讚揚。

金庸清醒地看到這種話語霸權掩蓋下的歷史眞實：

中國歷史又充滿了漢人屠殺少數民族的記載，使用的手段常常很不公道。我們有一種習慣，在和外族鬥爭中，只要是漢人做的事，都是應當受到讚揚的。班超偷襲匈奴使者，所用的方式在今日看來簡直匪夷所思，等於中國駐印大使率領館員，將蘇聯駐新德里大使放火燒了，殺盡蘇聯大使館人員，嚇得印度和中國訂立友好條約，於是中國大使成為百世傳頌的民族英雄。

其他國家的歷史其實也差不多。英國、俄國、法國等等不用說了。在美國，印第安人的道德不知比美國白人高出了多少。（《韋小寶這小傢伙！》）

金庸以上的史實介紹和自己的歷史觀點給人們很大的啓發。但是武俠的武術、武功與用在軍事戰場上的武功是有區別的；即使武俠的武功在戰場上有用，很有威力，但武俠如人數少，對付千軍萬馬也無用。更重要的是，決定戰爭的勝負，從戰略上講有正義、非正義之分，同時也取決於綜合國力、最高當局的決策是否英明和用人是否得當、直接指揮者的品質和能力等等。

金庸在這次演講中又總結：

就我看來，我國歷史上遭受外族侵略的危險時期有七個：第一是西周末年到春秋戰國時期東西南北受到的外族進攻；第二是秦漢時期匈奴的進攻，時間長達四百年之久；第三是魏晉時鮮卑等五胡的進犯，時間也有四百年，第四是隋唐時期突厥和吐蕃的侵犯，時間約三百年；第五是五代、南北宋時期契丹、女真及西夏的侵犯，時間大概也是四百年；第六是元、明、清時期蒙古、滿族的侵犯；第七是近代西方帝國主義和日本帝國主義的侵略。

（焦小雲記錄，原載香港《明報月刊》，《金庸研究》第一期轉載）

金庸的以上總結，線索明晰。綜觀西周以來至二十世紀的三千多年有可靠記載的歷史，漢民族受北方強敵的壓境、欺淩、入侵和占領，是一以貫之的。受西南（吐蕃）、東面（日本）的入侵，前者時間不長，在唐代；後者在明代中後期、晚清和二十世紀上半期。至北宋時代，北方匈奴至契丹欺凌漢族的有可靠記載的歷史已千餘年，整個北宋時期則始終受契丹遼國的壓迫與欺凌。

天下一家，蕭峯的民族觀與佛家的眾生觀

蕭峯持有博大、博愛的民族觀，具有天下民眾一家的寬廣胸懷，寄托著文學大師金庸的崇高理想。

但是蕭峯這個正確的民族觀並不是一開始就具備的，而是經歷了靈魂的鞭打之痛苦，走過人生的慘痛歷程之後才獲得的，來之不易。

蕭峯起先自以為是漢人，他像眾多漢人一樣，憎恨和賤視契丹人，辱罵契丹人。當智光等人揭露喬峯的契丹身世時，喬峯在不信之同時還辱罵契丹人——喬峯大聲叫道：「不！不！你胡說八道，捏造這麼一篇鬼話來誣陷我。我是堂堂漢

人，如何是契丹胡虜？……你再瞎說……」他立即擒住智光大師，要與之拼命。

在場的趙錢孫證明智光之言不虛，智光介紹喬峯的來歷甚合情理，顯非假言，不由得喬峯不信，喬峯不禁心中一片茫然：「倘智光之言不假，那麼我是契丹人而不是漢人了。……不！不！契丹人凶殘暴虐，是我漢人的死敵，我怎麼能做契丹人？」

喬峯大吃一驚、震驚之極，心中一片迷茫是很自然的心理。丐幫徐長老又責怪已故汪幫主竟立契丹人爲幫主：「非我族類，其心中必異。汪幫主啊汪幫主，你這件事可大大的做錯了。」小說接著評論：「喬峯乍聞自己身世，竟是契丹子裔，心中本來百感交集，近十年來，他每日裡便是計謀如何破滅遼國，多殺契丹胡虜，突然間驚悉此事，縱然他一生經歷過不少大風大浪，也禁不住手足無措。」

喬峯離開丐幫後，單人獨騎，信步而行，心中混亂已極：「倘若我眞是契丹人，過去十餘年中，我殺了不少契丹人，破敗了不少契丹的圖謀，豈不是大大的不忠？如果我父母確是在雁門關外爲漢人害死，我反拜殺害父母的仇人爲師。三十年來認別人爲父母，豈不是大大的不孝？喬峯啊喬峯，你如此不忠不孝，有何面目立於天地之間？……」喬峯發現自己族種出了問題便左右爲難，「忠孝」兩字也無法皈依，陷入不忠不孝的絕境，無法安身立命了。

喬峯當時和一般的漢人一樣，對契丹人的看法有兩條，其一爲「非我族類，其心必異」，意謂不是我們同族的人，他們必定不同我們一條心。此語最早出現於《左傳》成公四年，即公元前五八七年，季文子引西周初年周武王的史官史佚《志》中之言，勸說魯成公不要與楚國媾和，「楚雖大，非吾族也，其肯字我乎？」即「楚國雖然強大，不是我們同族，難道肯愛我們嗎？」透過儒家經典《左傳》的傳播，史佚《志》中「非我族類，其心必異」一語，成爲千古名言，深入人心，成爲民族團結的心理障礙。

其二，契丹人凶惡，毫無仁義。因此喬峯一旦被揭出契丹人的身世，便立即爲眾人所不齒；反過來，又因喬峯爲人一向仁義，人們又不相信他果眞是契丹人。如丐幫中的宋長老即當場反駁：「我瞧喬幫主不是契丹人。」徐長老問其理由，宋長老回答：「契丹人窮凶極惡，殘暴狠毒。喬幫主卻是大仁大義的英雄好漢。適才我們反他，他卻甘願爲我們受刀流血，赦了我們背叛的大罪。契丹人哪會如此？」徐長老道：「他自幼受少林高僧與汪幫主養育教誨，已改了契丹人凶殘習性。」

阿朱的想法與宋長老毫無二致，她安慰喬峯時也用這種思維方式：「喬大爺，他們說你是契丹人，我看定是誣蔑造謠。別說你慷慨仁義，四海聞名，單是你對我如此一個微不足道的小丫鬟，也這般盡心看顧，契丹人殘毒如虎狼一般，跟你是天上地下，如何能夠相比？」

喬峯道：「阿朱，倘若我眞是契丹人呢，你還受不受我看顧？」

小說接著議論：其時中土漢人，對契丹切齒痛恨，視作毒蛇猛獸一般。所以阿朱一怔，說道：「你別胡思亂想，那絕對不會。契丹族中要是能出如你這樣的好人，咱們大家也不會痛恨契丹人了。」

喬峯默然不語，心道：「如果我眞是契丹人，連阿朱這樣的小丫鬟也不會理我了。」霎時之間，只覺天地雖大，竟無自己容身之所，思潮如湧，胸口熱血沸騰……。

後來在聚賢莊的英雄宴上，眾人因喬峯為契丹人而牆倒眾人推，他雖不在場，仍用言語作賤他，丐幫中的吳長老怒極而罵：「喬峯是契丹狗種，還是堂堂漢人，此時還未分明。倘若他眞是契丹胡虜，我吳某第一個跟他拚了。要殺喬峯，數到第一千個，也輪不到你這臭王八蛋。你是什麼東西，在這裡囉哩囉嗦，脫你奶奶的金蟬臭殼！滾過來，老子來教訓教訓你。」喬峯進莊闖宴後，面對譏罵，只能這樣回答：「倘若我是漢人，你今日如此辱我，喬某豈能善罷干休？……」

喬峯的以上心態和言辭，因是契丹人而自慚形穢、理缺氣短的自卑心理已溢於言表。他的昔日戰友（吳長老等）和今日難友（阿朱）也都為他可惜、婉惜，感到理虧心虛。

在雁門關上，喬峯要下深淵去尋找當年遇難的契丹人夫婦的白骨，也許「他如果眞是我親生父親」，便可好好安葬。阿朱尖聲道：「不會的，不會的！你仁慈俠義，怎能是殘暴惡毒的契丹人後裔。」凡為喬峯辯護者，都有些駝鳥的習氣，不敢正視喬峯作為契丹人的證據和證言。

喬峯自己更可憐，當他在雁門關上確知自己是契丹人，突然間大叫一聲，向山野間狂奔而去。阿朱直追出十餘里，才見他抱頭坐在一株大樹之下，臉色鐵青，額頭一根粗大的青筋凸了出來。阿朱走到他身邊，和他並肩而坐。喬峯竟身子一縮——平時的英雄氣概都逃得無影無蹤——說道：「我是豬狗也不如的契丹胡虜，自今而後，你不用再見我了。」

喬峯自慚自卑自賤，以此爲甚。本來是大英雄，威震江湖，一旦驗明正身是契丹人，竟自己承認連豬狗也不如！

對這樣荒唐的民族觀，有些人也逐漸有了驚覺。

當喬峯在杏林中被智光大師指定爲契丹人後裔時，他擒抓智光，怒斥他「編造這番言語出來，誣蔑於我」，差點捏碎智光的渾身骨骼，在場眾人盡皆大驚失色，束手無策，趙錢孫卻突然嘿嘿冷笑，說道：「可笑啊可笑！漢人未必高人一等，契丹人也未必豬狗不如！明明是契丹，卻硬要冒充漢人，那有什麼滋味？連自己的親生父母也不肯認，枉自稱什麼男子漢、大丈夫？」

儘管趙錢孫此言有點言不由衷，目的是爲擠兌喬峯承認自己是契丹人的事實，但也有一點欽佩喬峯之父當年臨死前的氣慨，自慚被喬峯之父的高超武藝和凜凜威風嚇昏，自己和同赴雁門關伏擊的眾俠雖為漢人，卻非好漢，喬峯之父跳崖，雖死猶榮，故而此言有感而發，內中也有眞言的成分。

後在聚賢莊惡鬥時，群雄為了喬峯是契丹胡人而群相圍攻，喬峯用宋朝開國太祖的武功「太祖長拳」出手，而圍攻者則用天竺胡人達摩傳來的武功，或是少林拳，或是多多少少和少林派沾得上一些牽連的中國各家各派的功夫，被喬峯譏諷：「你以天竺胡人的武功，來攻我本朝太祖的拳法。倘若你打勝了我，豈不是通番賣國，有辱堂堂中華上國？」

在場群雄固都講究夷夏之防、華胡之異，聽喬峯一言點撥，不少大有見識的人物不由得心想：「咱們對達摩老祖敬若神明，何以對契丹人卻是恨之入骨，大家都是非我族類的胡人啊？嗯！這兩種人當然大不相同。天竺人從不殺我中華同胞，契丹人卻是暴虐狠毒。如此說來，也並非只要是胡人，就須一概該殺，其中也有善惡之別。那麼契丹人中，是否也有好人呢？」他們雖眼觀惡鬥，身臨險境，無暇細想，只是心中已經隱隱感到：「喬峯未必是非殺不可，咱們也未必是全然的理直氣壯。」

更有諷刺意味的是，場上玄難、玄寂與喬峯打鬥時以二敵一依然落在下風，玄難改用少林派的「羅漢拳」。喬峯冷笑道：「你這也是來自天竺的胡人武術。且看是你胡人的功夫厲害，還是我大宋的本事了得？」說話之間，「太祖長拳」呼呼呼地擊出。

眾人聽了，心中都滿不是味兒。大家爲了他是胡人而加圍攻，可是己方所用的反是胡人武功，而他偏偏使本朝太祖嫡傳的拳法。

這的確是莫大的諷刺，錯誤民族觀的荒唐性暴露無遺，其荒誕的意味猶如黑色幽默，難以辯解。

喬峯拋棄自我嫌棄的漢高契賤的民族觀，一則在雁門關上親眼見到大宋官兵殘殺契丹的老弱婦孺，打破了一向只道契丹人凶惡殘暴，虐殺漢人的偏面看法；另則阿朱表態：「漢人中有好人壞人，契丹人中，自然也有好人壞人。喬大爺，你別把這種事放在心上。阿朱的性命是你救的，你是漢人也好，是契丹人也好，對我全無分別。」少女的良智教育了他。

喬峯終於邁過了心理危機，他宣佈：「……阿朱，我是契丹人，從今而後，不再以契丹人爲恥，也不以大宋爲榮。」

阿朱聽他如此說，知他已解開心中的這個鬱結，於是再鼓勵他說：「我早說胡人中有好有壞，漢人中也有好有壞。胡人沒漢人那樣狡猾，只怕壞人還更少些呢！」

喬峯爲了替父母報仇，查清當年伏擊之眞相，自晉北雁門山來到浙江天台山，詢問智光大師。智光在地上積灰中寫道：

萬物一般，衆生平等。聖賢畜生，一視同仁。漢人契丹，亦幻亦真。恩怨榮辱，俱在灰塵。

蕭峯瞧著地下這八句話，怔怔出神，心想：「在佛家看來，不但仁者惡人都是一般，連畜生惡鬼，和帝皇將相亦無差別，我到底是漢人還是契丹人，實在殊不足道。但我不是佛門子弟，怎麼如他這般灑脫？」

蕭峯對佛家的眾生平等思想，是瞭解的。儘管他當時自感未能如此灑脫，智光的塵中偈語，畢竟對他進行了一次教育。

眾生，是佛教稱謂，又稱「有情」或「有情眾生」，爲人及一切有情識生物的統稱，一般指人與動物。佛家的眾生平等觀，是大慈悲的產物。認爲人和動物，在宇宙面前即無窮盡的時空中間一律平等。而漢人契丹，與世俗中一切能目見的事物、眾生一樣，均是由因緣而成，皆是空虛不實之體，故而看看是眞，實即是幻；也即包括漢人契丹在內的萬物皆空，不可固執，如此才能超脫一切，感到自由自在。智光教育蕭峯不要太執著，拋棄恩怨榮辱，得到精神上的解脫。蕭峯復仇之心不肯泯滅，恩怨榮辱仍在心頭，達不到灑脫的境界，但是眾生平等的思想對蕭峯拋掉強分民族優劣的偏見，堅定民族平等的觀念，無疑是起作用的。

類似於佛家「眾生平等」的思想，道家則從另一角度給予闡發，《老子》第五章說：「天地不仁，以萬物爲芻狗。」芻狗，指用草紮成的狗，爲祭祀時使用的物品。意謂天地無所偏愛，讓萬物自生自長自滅。又說：「聖人不仁，以百姓爲芻狗。」聖人也無所偏愛，任憑百姓自己發展。這種觀點，批判與反對封建專制統治者強分民族優劣、互相侵凌殺戮翦滅從而發動戰爭的暴行。也反對任何人與人之間、人與動物之間的欺壓、殘殺的惡行。這樣的觀點，本與俠義精神相通。蕭峯自然能夠接受，並融化在自己的行動之中。

儘管蕭峯自知是契丹人的後裔，契丹是自己的父母之邦，眞正的故國。蕭峯在擔承遼國南院大王的要職後，站在遼國的土地上「極目南望，但見天地相接處遠山重疊，心想：『過了這些山嶺，那便是中原了。』他雖是契丹人，但自幼在中原長大，內心實是愛大宋極深而愛遼國極淺，如果丐幫讓他做一名無職份、無名份的三袋弟子，只怕比之在遼國做什麼南院大王更爲心安理得」。

這是金庸的神來之筆，眞實地寫出了蕭峯彼時彼地的心理狀態。這裡可分解成三層意思。其一，誠如高爾基所說，「往事總是美好的。」尤其是青少年時代，是一個人最珍貴的歲月，青少年度過的地方，人們往往對之最有感情。其二，蕭峯在中原生活的青年時代，是茁壯成長並建功累累、大有作爲的崢嶸歲月，人生價値得以完美體現。岡察洛夫說得好：「當你回想到過去幸福的生動情景時，回憶是一首最偉大的詩。」（《奧勃洛摩夫》）其三，「愛大宋極深而愛遼國極淺」是巧妙套用王安石《明妃曲》之二的名句「漢恩自淺胡自深」的句式而自構之佳句。明妃即王昭君，她在漢朝皇宮內極受冷落，是禁閉於長門中地位最低賤的宮女，又被漢元帝當作弱國的外交禮物，上貢給匈奴去「和番」，「漢恩」自然是「淺」；胡人（匈奴）以「百輛」豪華的車輛相迎，給以最高規格的禮遇，又被單于娶爲皇后式的最高貴的妻子，胡「恩」當然是「深」。但是此詩在此句後又接說：「人生樂在相知心」。此謂王昭君不以個人恩怨得失改變心意，她是深明大義之人，而況胡人雖眞心愛她，但並非「知心」。與她相類似，蕭峯雖極受耶律洪基重用，遼帝對他論功行賞，又極愛他的出眾才華，但不能說「知心」。蕭峯的青少年時代是大宋的山河給以哺育而成長起來的，他的成才即身懷絕技和出眾武功，是大宋的智慧和心血灌溉出來的，無怪他愛大宋極深，身在遼營心在宋了。眞是種瓜得瓜，種豆得豆。出國成風，去而不返，必是國家不能給青年以自由發展、埋沒人才的惡果！

蕭峯既能平等看待漢族和契丹兩個民族，不以世俗之見爲轉移，對兩個民族又都有情誼，儘管因青少年時的因緣，有深淺之別，他的民族觀達到時代的最高境界，寄托著作家的偉大理想。

悲天憫人，蕭峯的反戰思想

喬峯在雁門關目睹大宋官兵捕獲契丹百姓，殺人搶劫，姦淫婦女，虐殺嬰兒，無所不爲，阿朱怒斥：「這種官兵就像盜賊一般。」喬峯的心靈受到極大的刺激。

他在燕京（今北京）任南院大王，又親見遼兵打草穀，捕獲大批漢族女子、少年，被俘者淒慘絕望的神情，和遼兵將宋民當作野獸「打活靶」的惡行，再次震撼了蕭峯的的心靈。他平日又瞭解到：遼國朝廷對軍隊不供糧秣，也無餉銀，官兵一應所需，都是向敵人搶奪而來，每日派出部隊去向大宋、西夏、女眞、高麗各鄰國的百姓搶劫，名之爲「打草穀」，其實與強盜無異。宋朝官兵便也向遼人「打草穀」，以資報復。是以邊界百姓，困苦異常，每日裡提心吊膽，朝不保夕。

蕭峯聯想到自己的身世，悠悠一聲長嘆：「若不是有人揭露我的身世之謎，我直至今日，還道自己是大宋百姓。我和這些人（指眼前被俘獲的漢族百姓）說一樣的話，吃一樣的飯，又有什麼分別？爲什麼大家好好的都是人，卻要強分爲契丹、大宋？女眞、高麗？你到我境內來打草穀，我到你境內去殺人放火？你罵我遼狗？我罵你宋豬？」一時之間，思湧如潮。

蕭峯認識到是不義的戰爭造成民族間的仇恨，是掠奪性的戰爭造成百姓的痛苦。各民族理應和睦相處，互相尊重，因爲大家好好的都是人，應友好幫助，甚至不必強分民族之高低，天下一家。蕭峯這種天下大同的思想萌發了他的反戰觀念。

他在少林寺中，面對群雄，公開發表了他的反戰觀點。

在少林寺中，慕容博指責蕭峯不肯與大宋爲敵：「食君之祿，忠君之事。你是大遼國大臣，卻只記得父母私仇，不思盡忠報國，如何對得起大遼？」

蕭峯踏上一步，昂然說道：「你可曾見邊關之上宋遼相互仇殺的慘狀？可曾見過宋人遼人妻離子散、家破人亡的情景？宋遼之間好容易罷兵數十年，倘若刀兵再起，契丹鐵騎侵入南朝，你可知有多少宋人慘遭橫死？多少遼人死於非命？」他說到這裡，想起當日雁門關外宋兵和遼兵相互打草穀的殘酷情狀，越說越響，又道：「兵凶戰危，世間豈有必勝之事？大宋兵多財足，只須有一二名將，率兵奮戰，大遼、吐蕃聯手，未必便能取勝。咱們打一個血流成河，屍骨如山，卻讓你慕容氏來乘機興復燕國。我對大遼盡忠報國，是在保土安民，而不是爲了一己的榮華富貴，因而殺人取地、建立功業。」

忽聽得長窗外一個蒼老的聲音說道：「善哉，善哉！蕭居士宅心仁厚，如此以天下蒼生爲念，當眞是菩薩心腸。」

老僧對蕭峯的肯定和讚賞，代表了民間和正義的傾向。蕭峯的這番鏗鏘之言看似是即興演說，實際是他腦海縈回多時的深思熟慮的反戰觀念。這段言論有三個層次：一、戰爭的受害者主要是民眾百姓，妻離子散、家破人亡、橫死喪命是他們的必然結局；二、戰爭的雙方，沒有必定的勝家，雙方互有輸贏，即使占領對方轄地，最終也被別人消滅；三、大丈夫盡忠報國是保土安民，絕非爲一己的榮華富貴而去殺人取地，建立所謂的功業。確是善哉斯言！

蕭峯目睹宋遼邊境百姓的慘狀和由此萌生的反戰思想，是作者薈萃中國古代和西方近代反戰詩文、名言之結晶。前人之論述，如：

漢・賈捐之《棄珠崖議》：「寇賊并起，軍旅數發，父戰死於前，子鬥傷於後，女子乘亭障，孤兒號于道，老母寡婦，飲泣巷哭，遙設虛祭，想魂乎萬里之外。」

漢・淮南王劉安《諫伐閩越上書》：「親老涕泣，孤子啼號，破家散業，迎屍千里之外，裹骸骨而歸。」

前則言戰士死於遠方，屍骨無存，家屬只能在家鄉「遙設虛祭」；後則言家屬不遠千里，尋回骸骨，裹還家鄉，但「破家散業」，耗盡資財，死者已已，生者何以存活？這是另一種沉痛。

後漢章帝《還北單于南部生口詔》：「墝埆（地形險要處）之人，屢嬰塗炭（一直處於極困苦的境地），父戰于前，子死于後，弱女乘于亭障，孤兒號于道路，老母寡妻，設虛祭，飲泣淚，想望歸魂於沙漠之表，豈不哀哉！」

此文見《全後漢文》卷五，原載《後漢書》〈匈奴傳〉。錢鍾書先生認爲上述引文「全用捐之語，而末句增『望歸』二字，情詞益淒警。」（《管錐篇》頁八九五）

唐代詩文描寫戰爭對人民的殘害又進一層，如李華〈古戰場文〉「其存其歿，將信將疑」，寫出家屬不能確知前方親人的死活，牽腸掛肚的心境；張籍〈沒蕃故人〉「欲祭疑君在，天涯哭此時」，更令人心酸；而杜甫〈垂老別〉「孰知是死別，且復傷其寒」，生死之外還擔憂其冷暖，更顯心痴，使人聯想起李白〈子夜四時歌〉四首之三、四：

長安一片月，萬戶擣衣聲。秋風吹不盡，總是玉關情。何日平胡虜，良人罷遠征。

明朝驛使發，一夜絮征袍。素手抽針冷，那堪把剪刀。裁縫寄遠道，

幾日到臨洮。

妻子的柔情蜜意，令良人回腸蕩氣。只是她們的丈夫看來是軍官，一般士兵享受不到穿征袍的待遇，更無「驛使」爲他們傳遞家信和衣物。最沉痛的是陳陶〈隴西行〉：

誓掃匈奴不顧身，五千貂錦喪胡塵。

可憐無定河邊骨，猶是春閨夢裡人。

無定河是今內蒙古流入陝西北部的一條河流，是古代匈奴出沒的地帶。匈奴在隋唐前已消亡，一部遠征歐洲，一部與漢同化，一部併入鮮卑，但唐時仍以「匈奴」借代敵對之異族。前方將士已全部戰死，可憐的閨中少婦不知丈夫已命

喪沙場，還是魂繫夢繞，念念不忘。清・沈德潛《唐詩別裁集》評爲：「作苦語無過此者。」而前方將士呢？也多自知生還希望渺茫，如王翰〈涼州詞〉表達他們的心聲：

> 葡萄美酒夜光杯，欲飲琵琶馬上催。
> 醉臥沙場君莫笑，古來征戰幾人回？

將滿腔的辛酸悲苦化爲曠達的豪情，更使千古讀者滿懷同情。

無數壯士戰死疆場，犧牲了寶貴的生命，給無數家庭帶來悲劇，孤兒寡母無人撫養，田地荒蕪，無人耕種。因此歷代有識之士都反對統治者窮兵黷武，亂開邊釁。如唐房玄齡〈諫伐高麗表〉：「無故驅之于行陣之間，委之于鋒刃之下，令其老父、孤兒、寡妻、慈母登轊車而掩泣，抱枯骨以摧心。」蘇東坡〈代張方手諫用兵書〉：「且夫戰勝之後，陛下可得而知者，凱旋奏捷，拜表稱賀，赫然耳目之觀耳。至于遠方之民，肝腦塗于白刃，筋骨絕于饋餉，流離破產，鬻賣男女，薰眼、折臂、自經之狀，陛下必不得而見也；慈父、孝子、孤臣、寡婦之哭聲，陛下必不得而聞也。」房玄齡、蘇東坡不怕得罪皇帝，爲民請命，都是最有心肝、憂國愛民的民族精英。錢鍾書評論房、蘇諫書，言道：「古希臘詩人亦云：『未親經者，聞戰而喜；曾身歷者，聞戰而戚。』蘇軾明言『戰勝』，更進一解，即威靈頓所謂：『戰敗最慘，而戰勝僅次之。』」

威靈頓（一七六九—一八五二），英國首相、統帥。曾爲反法同盟軍隊統帥之一，因指揮滑鐵盧戰役（一八一五年三月二十日）戰勝拿破崙而著名。他作爲戰勝國的統帥公正而清醒地指出戰爭對國家和人民的危害之慘烈，戰勝國與戰敗國僅五十步與一百步之差別。正如元曲名句所言：「興，百姓苦。亡，百姓苦。」

百姓在戰爭中不僅遭到炮火的誤傷和有意的殺傷，還更因爲是阿朱所指出的、蕭峯所目睹的：官兵似盜賊。縱觀古今中外的官兵，只有極少數軍隊能對百姓秋毫無犯，甚至做到愛民如子。而封建專制時代的官兵則與盜賊一樣凶惡殘忍，如杜甫〈三絕句〉憤怒地揭露唐朝的官兵說：

殿前兵馬雖驍雄，縱暴略于羌渾同。
聞道殺人漢水上，婦女多在官軍中。

安史之亂時，南線的唐朝官兵在圍城中因乏糧而食人；在作戰時也因乏糧而將被殺百姓鹽成鹹肉當作軍糧。可見官兵與盜賊並無差別。

蕭峯的反戰言論，悲天憫人，表達了千古民眾的心聲，也是我們當代民眾的呼聲。

生父蕭遠山，塞外奇男終參禪

蕭遠山在雁門關外無端遭到伏擊，能冷靜處置，只是奪去對方兵刃，並不傷人。待見妻子被對方斬斷手臂，又砍去半邊腦袋，才眼色發紅，神色恐怖，大開殺戒。蕭遠山將二十名高手強手，殺掉十七個，嚇暈一個，擊飛一個，擒住二個。頃刻之間，消滅全體敵手，武功之高，嘆為觀止。

他的反擊有理，因為他的妻、兒無端被殺，但他竟不殺被擒的二人，在山峰石壁上劃字後，抱著妻、兒屍身跳崖自盡。蕭遠山的性格實在與眾不同。

他在跌下懸崖之後，發現兒子還活著，竟將兒子拋了上來，恰好將嬰兒投在汪幫主腹上，使孩子不致受傷。這樣的機智和武功，固然令人欽佩，但他將愛子拋給敵手，不怕敵人殺害此兒？他憑什麼信任這兩個被他殺剩又被他點了穴道的敵手？蕭遠山的心思實在與眾不同。

蕭遠山後竟又認為：「只因為我自己的親身孩兒，也是給人搶了去，撫養長大，由少林僧授了他一身武藝。」所以他也將敵手玄慈和葉二娘的孩子搶來，「放在少林寺的菜園之中，讓少林僧將他扶養長大，授他一身武藝」。這是他報仇的第一個項目。

蕭遠山在少林寺與蕭峯父子相認時，告訴蕭峯自己未死之因和報仇之志：「孩兒，那日我傷心之下，跳崖自盡，哪知道命不該絕，墜在谷底一株大樹的枝幹之上，竟得不死。這一來，為父的死志已去，便興復仇之念。那日雁門關外，中原豪傑不問情由，便殺了你不會武功的媽媽。孩兒，你說此仇該不該報？」

蕭峯道：「父母之仇，不共戴天，焉可不報？」

於是蕭遠山向兒子介紹已報之仇，除搶走葉二娘之子虛竹外，他因被冤枉有奪取少林武學典籍之心而潛入少林寺三十年，熟讀寺藏典籍。

殺掉喬三槐夫婦，是因他們既冒充是蕭峯的父母，奪了他的天倫之樂，又不向蕭峯說明眞相。

放火焚燒單家莊，殺死單氏父子，因爲他們在聚賢莊妄圖殺害喬峯。

殺死譚公、譚婆、趙錢孫，因爲他們在聚賢莊也曾對蕭峯狠下殺手，後又不肯向蕭峯講出帶頭大哥的姓名。

一掌震死玄苦大師，是因爲殺妻、奪子的仇人們竟叫自己兒子拜大仇人爲師。

最後蕭遠山當場逼出當年伏擊他的帶頭大哥玄慈方丈，使他身敗名裂，當場受杖而死，玄慈的情人葉二娘當場自殺。

玄慈臨死前揭出假傳音訊、挑撥生禍之人慕容博。

蕭遠山怒鬥慕容博。

此前蕭遠山一手打死徐長老又捏死白世鏡，阿紫乘機將馬夫人康敏渾身割傷、挑筋，受折磨而死。因爲他們設毒計揪出蕭峯，廢了他的幫主之位，還煽動全幫反蕭峯。

蕭遠山的報仇徹底，手法又富有藝術性，有很大的性格魅力，眞是一位出類拔萃的人物。

他對兒子蕭峯的態度，也與眾不同。三十年中他不露相露身，三十年後在聚賢莊眼看蕭峯與眾多豪傑惡鬥，他猶如看雙方對弈，旁觀不言眞君子，直到蕭峯爲救護傷女，力竭受戮，才出手相救。又爲蕭峯準備好藏身養傷的山洞和一應物品。讓兒子歷經生死磨難，救他脫險後又加教誨：「你這臭騾子，練就了這樣一身天下無敵的武功，怎地爲一個瘦骨伶仃的女娃子枉送性命？她跟你非親非故，無恩無義，又不是什麼傾國傾城的美貌佳人，只不過是一個低三下四的小丫頭而已。天下哪有你這等大傻瓜？」

蕭峯嘆了口氣，承認自己魯莽行事，未思後果。蕭遠山這樣的做法，要使兒子歷經磨難，置之死地而後生，也與眾不同。更何況江湖眾俠欲共誅蕭峯，是因爲蕭遠山暗殺喬三槐夫婦、玄苦、徐長老等，大家誤以爲與蕭遠山身形相似的蕭峯殺父母、師父而引起的。蕭遠山故佈疑陣，將禍水引向兒子。他起初也許沒想到江湖群俠會懷疑到兒子身上去，而且齊心協力要捕殺兒子。後來見到事態如此發展，他感覺好笑，倒要看看你們如何捕殺蕭峯，你們有此能耐否？他好似惡作劇地將兒子引入漩渦，也乘機看看兒子的能耐。故而跟縱兒子，觀察他的做法和本事，也讓他與中原群雄爲敵，讓這些口口聲聲咒罵契丹的豪傑吃點蕭峯的苦頭。後見兒子果眞爲保護阿朱而落敗，而且危在旦夕，才出手相救。當蕭峯勇闖聚賢莊時，遠山認爲兒子以一擋百，的確勝負難卜，已作最壞打算，故而覓好山洞，備好食物和藥物，兒子萬一失敗受傷，自己現身相救，送他去山洞養傷。他不想過早露相，所以臉蒙黑布。這樣的思路和安排，精密周全，再次顯露遠山的智勇過人。

至於前面指出的遠山與眾不同之處，閻大衛《班門弄斧》批評「蕭峯和他的父親的行事有些古怪」，認爲極不合理。這是閻大衛以常理來衡量蕭遠山。閻大衛未讀懂金庸的高明。遠山以上違背常理、與眾不同的古怪行為，一則因遠山性格倔強古怪，本是一位非常人物，喜歡做些與眾不同的事情，這只要看他在雁門關外受伏擊後，妻、兒亡故，他的一連串行為，即可印證。二則因他受到如此重大心靈創傷，又苦心孤詣地報仇達三十年之久，達到「君子報仇十年不晚」之三倍，心理已有變態，而且必然會發生的變態。遠山在雁門關事變三十年後重現江湖之時，成為心理變態人物，是金庸的大手筆，寫出了生活的眞實和眞實的人物。閻大衛姸媸不分，認高明為低劣，不懂藝術眞實與日常的生活眞實之區別，反而教訓金庸，不足為訓。更且金庸在小說中明明寫道：「蕭遠山少年時豪氣干雲，學成一身出神入化的武功，一心一意為國效勞，樹立功名，做一個名標青史的人物。他與妻子自幼便青梅竹馬，兩相愛悅，成婚後不久誕下一個麟兒，更是襟懷爽朗，意氣風發，但覺天地間無事不可為，不料雁門關外奇變陡生，墜谷不死之餘，整個人全變了樣子，什麼功名事業、名位財寶，在他心中皆如塵土，日思夜想，只是如何手刃仇人，以洩大恨。他本是個豪邁純樸、無所縈懷的塞外大敵，心中一充滿仇恨，性子竟然越來越乖戾。再在少林寺中潛居數十年，晝伏夜出，勤練武功，一年之間難得與旁人說一、兩句話，性情更是大變。」將遠山的心理變態之原因和過程，交待得合理詳盡。

正因爲蕭遠山心頭如座活火山，卻又不得不將仇恨的岩漿埋在心裡，不能發作，時間又長達三十年，現在重現江湖，動手報仇，殺盡仇人，最後發現最大的仇人慕容博，自然眼睛也發紅，恨不得千刀萬剮，將這個禍首斬成肉醬，以報三十年來魂繫夢繞的血海深仇。不想少林寺掃地老僧一掌拍落，慕容博即氣絕而倒。那老僧轉向蕭遠山，淡淡地道：「蕭老施主要親眼見到慕容老施主死手非命，以平積年仇恨。現在慕容老施主是死了，蕭老施主這口氣可平了罷？」

蕭遠山見那老僧一掌擊死慕容博，本來也是訝異無比，聽他這麼相問，不禁心中茫然，張口結舌，說不出話來。

本來，突然之間，數十年來恨之切齒的大仇人，一個個死在自己面前，按理說該當十分快意，但內心中卻實是說不出的寂寞淒涼，只覺在這世上再也沒什麼事情可做，活著也是白活。他斜眼向倚在柱子上的慕容博瞧去，只見他臉色平和，嘴角邊微帶笑容，倒似死去之後，比活著還更快樂。蕭遠山內心反而隱隱有點羨慕他的福氣，但覺一了百了，人世之後，什麼都是一筆勾消。頃刻之間，心下一片蕭索：「仇人都死光了，我的仇全報了。我卻到哪裡去？回大遼嗎？去幹什麼？到雁門關外去隱居麼？去幹什麼？帶了峯兒浪跡天涯，四處飄流麼？爲了什麼？」

慕容復要爲父親報仇，蕭遠山竟說：「大和尚是代我出手的，慕容少俠要爲父報仇，儘管來說我便是。」

那老僧認爲慕容復打死蕭遠山，蕭峯又要報仇，「如此怨怨相報，何時方了？不如天下的罪業都歸我罷。」他一掌又擊中遠山的頂門。

那知老僧擊打兩人使之閉氣，爲治兩人極重之內傷。又因兩人一屬陽氣過旺，一屬陰氣太盛，老僧又令兩人盤膝而坐，互相雙手握緊，並喝道：「咄！四手互握，內息相應，以陰濟陽，以陽化陰。王霸雄圖，血海深恨，盡歸塵土，消於無形！」兩人當場治癒內傷，同時睜開眼來，相對一笑。兩人攜手站起，一起在那老僧面前跪下。那老僧道：「你二人由生到死、由死到生的走了一遍，心中可還有什麼放不下？倘若適才就此死了，還有什麼興復大燕、報復妻仇的念頭？」

蕭遠山懇請老僧收錄爲徒，不報妻仇了，並道：「弟子生平殺人，無慮百數，倘若被我所殺之人的眷屬皆來向我復仇索命，弟子雖死百次，亦自不足。」慕容博道：「庶民如塵土，帝王如塵土。大燕不復國是空，復國亦空。」

於是蕭遠山和慕容博在無名老僧佛法點化之下，皈依三寶，在少林寺出家。兩人不但解仇釋怨，而且成了師兄弟。

蕭遠山出家，與蕭峯割斷了父子關係，嫡親父子，成了陌路。所以蕭峯想和父親再會一面，遠山亦不應允，知客僧告訴他：「蕭施主，令尊已在本寺出家爲僧。他要我轉告施主，他塵緣已了，心得解脫，深感平安喜樂，今後一心學佛參禪，願施主勿以爲念。蕭施主在大遼爲官，只盼宋遼永息干戈。遼帝若有侵宋之意，請施主發慈悲心腸，眷顧兩國千萬生靈。」

蕭峯心知只能與親爹訣別，心中一陣悲傷。但父親「永息干戈」、阻遼侵宋、眷顧生靈的教誨則永記心靈。

蕭峯失去了養父母，剛相逢親父，旋又失去，何其心苦！

蕭遠山皈依三寶（即佛教，佛教稱佛、法僧為三寶），助他脫離苦海、學佛參禪的是一位掃地老僧。「掃地」一語，有深意焉。陸游有詩云：「一帚常在旁，有暇即掃地。既省課堂奴，亦以平血氣。按摩與導引，雖善亦多事，不如掃地法，延年直差易。」此僧武功高強，學佛參禪的道行極深；平時在寺中以掃地為日課，看似為低級僧人的勞作，實亦是老僧修習練氣法門之一。

蕭遠山殺人如麻，竟然果真如佛教名言所說：「放下屠刀，立地成佛。」《天龍八部》令人信服地寫出他的出家道路的心理歷程，完全符合現代心理學和佛學的原理。

從心理學角度看，蕭遠山短期內經歷了多個突發性的大喜大悲的事件，心靈上受到極大的震撼。他短期內突然殺掉多個仇人，突然尋找出伏擊他的組織者玄慈並眼看他突然死去，突然發現伏擊悲劇的罪魁禍首慕容博又突然看到他被擊斃，此是他三十年夢寐以求的大喜事，突然夢想實現，頓感大功告成，餘生沒有新的追求，便產生強烈的失落感與空虛感；老僧突然講出他三十年來在少林寺偷看武經的詳情和自以會偷習武經而武學精進卻實際入了魔道，還能精確指出身體練傷後的痛苦症狀，「蕭遠山聽他隨口道來，將三十年前自己在藏經閣中夤夜的作爲說得絲毫不錯，漸漸由驚而懼，由懼而怖，背上冷汗一陣陣冒將上來，一顆心幾乎也停了跳動。」既知潛學三十年，竟有害而無益，兼之被老僧於頂門猛擊一掌而閉氣，經歷了由死再生的經歷，更產生強烈的失落感與幻滅感。對老僧的無限信服便衍生出對老僧所信服的佛法之信服。而且經過大喜大悲的刺激，極易產生失落感、空虛感和幻滅感，從而頓悟、開悟，信奉宗教。這與《紅樓夢》中的賈寶玉相同。經過修練後已經開悟的貴州省作家協會主席何士光，寫了一本《如是我聞——走火入魔啓示錄》（海南出版社，一九九三年第一版，一九九四年第二次印刷），回憶和總結自己修練——走火入魔——開悟的過程和開悟後對道佛經典的理解與體會。何士光先生在此書中指出：「《紅樓夢》寫了賈寶玉在大糾纏、大歡樂、大震動、大悲痛的情形下開悟。」「賈寶玉的開悟是在哪一瞬間呢？顯然，是在揭開假黛玉的蓋頭的那一瞬間。一路地折騰過來，不能不謂是大糾纏；這時終於可以娶林妹妹爲妻了，乃天下第一美事，不能不謂是大震動；心事終於成了虛話，又不能不謂是大悲哀。這一瞬間，賈寶玉就呆了、愣住了。……

……這樣一來就開悟了。」(《如是我聞》頁四一三—四一五)

蕭遠山的開悟在於老僧一掌擊斃慕容博和道破他偷學少林武經、入魔症候之時。他與寶玉一樣經過大悲痛(妻死)、大糾纏(三十年的復仇心念)、大歡樂(盡殺仇人)、大震動(開悟時的見聞)和大空虛,終於開悟入道,皈依三寶。

從佛學角度看,蕭遠山和慕容復都已感到復仇復國,盡皆是空,老僧笑道:「大徹大悟,善哉,善哉!」兩人雖皆殺人如麻,血債累累,清代紀昀《閱微草堂筆記》〈灤陽消夏錄四〉闡發佛教大慈大悲的寬弘原則:「夫佛法廣大,容人懺悔,一切惡業,應念皆消。放下屠刀,立地成佛。」停止作惡,立成正果。遠山未曾故意作惡,亦未立成正果,但他虔誠修行參禪的頓悟過程,金庸寫得生動、曲折而眞實,令人讚佩。

阿朱,蕭峯的難忘的情人

阿朱是段正淳與阮星竹的私生女兒,從小被父母遺棄。她流落在外,有一日受人欺凌，慕容博見到了，救了她回家。她孤苦無依，便做了他家的丫鬟。阿朱伶俐乖巧，又擅長易容化妝術。曾化裝成蕭峯，救過丐幫。又化裝成止清和尚進少林寺閒逛，被蕭峯擒住，因而被玄慈大師一掌打成重傷。蕭峯深感歉意，帶她找薛神醫救治，獨闖聚賢莊，終因寡不敵眾，險些喪命；被人救出後，到雁門關察看父母被害之處。正在痛苦悲憤之極之時，發現已在此地等候他五日五夜的阿朱。兩人於塞外重逢。

阿朱此時年僅十六、七，但識見過人，又有強烈的正義感。蕭峯救她出少林寺，在求醫路上，應阿朱請求講故事，言及七歲時殺一醫生，她竟批評說：「那丈夫瞧不起窮人，不拿窮人的性命當一回事，固然可惡，但也罪不至死。這個小孩子，也太野蠻了。……」並立即猜出喬峯的契丹身世。

在雁門關重逢後，阿朱連解喬峯三個壓在胸頭的沉重情結，幫助喬峯度過了極大的心理危機。第一是喬峯的養父母和恩師被殺，罪名又套在自己頭上，「我不知該當向誰報仇，也不知向誰報恩。不知自己是漢人，還是胡人，不知自己的所作所爲，到底是對是錯。喬峯啊喬峯，你當眞枉自爲人了。」阿朱握住他的手掌，安慰說：「喬大爺，你又何須自苦？種種事端，總有水落石出的一天。你只要問心無愧，行事對得住天地，那就好了。」

一是能忍耐，禁得住時間的考驗，等待水落石出的時機到來。二是能自信，只要問心無愧，任別人說什麼，我只管走自己的路。阿朱的這番道理，不僅能說服喬峯，而且世間一切受冤屈的人，不是賴此兩條才熬過艱難歲月，重見天日的嗎？

但喬峯還有第二個心理疙瘩：「那日在杏子林中，我彈刀立誓，絕不殺一個漢人，可是……可是……。」

阿朱道：「聚賢莊上這些人不分青紅皀白，便向你圍攻，若不還手，難道便糊裏糊塗的讓他砍成十七廿八塊嗎？天下沒這個道理！」

喬峯道：「這話也說得是。」

是啊，量小非君子，無毒不丈夫。大丈夫平時不毒，遇毒則以毒攻毒。人家舉刀砍來，應該任人宰割嗎？當然應以其人之道還治其人之身。

接著，喬峯千眞萬確地發現自己果然是契丹人，他的精神差點崩潰，深感賤卑，大叫一聲，向山野間狂奔十餘里，見到追來的阿朱，竟身子一縮，說道：「我是豬狗不如的契丹胡虜，自今而後，你不用再見我了。」

阿朱一面批評大宋官兵的殘暴就像盜賊，一面柔聲反覆勸慰，終於使喬峯解開心中鬱結的民族尊卑優劣的情結：「我……我……阿朱，我是契丹人，從今而後，不再以契丹人爲恥，也不以大宋爲榮。」

喬峯於失意潦倒之際，一再感到：得有這樣一位聰明伶俐的少女說笑慰解，不由得煩惱大消；有一個人在身邊聽他說話，自然而然的減卻不少煩惱。在他最痛苦最孤獨的時候，阿朱義無反顧地與他天涯同行，他擺脫了孤獨感。

是啊，人是怕孤獨的動物，即使是大英雄，也怕孤獨，也有心靈痛苦。

喬峯被逐出丐幫，心靈上極度痛苦。他本寄身丐幫，早將丐幫視爲安身立命之所，將丐幫中的義氣和友情視作自己的精神家園。他與丐幫同舟共濟，結爲一體，奉獻出自己的全部才華智慧和武藝精力。現在一下子全部失去，他一方面豪氣干雲，越是身處逆境，越是豪情滿懷；但另一方面，其內心的痛苦與失落感，猶如王靜安〈浣溪沙〉所言：「天末同云黯四垂，失行孤雁逆風飛，江湖寥落爾安歸？」天涯茫茫，何處是人生和精神的歸程？

歸程有兩種。一種是進，做一番事業。對於喬峯來說，建立功業已無望，於是便復仇。復仇對他來講便是進。一種是退，便是退隱。當官的，從朝廷、官場退避到江湖。爲俠的，從江湖再退隱到人跡罕到處，或山崖或荒原。

蕭峯與阿朱自天台山北歸，回想智光大師的「漢人契丹，亦幻亦眞。恩怨榮辱，俱在灰塵。」這一至理明言，兩人都已萬念俱灰。阿朱不禁勸說蕭峯：「江湖上刀頭上的生涯，想來你也過得厭了，不如便到雁門關外去打獵放牧，中原武林的恩怨榮辱，從此再也別理會了。」此言打中蕭峯的心坎，他嘆了口氣，說道：「這些刀頭上掙命的勾當，我的確過得厭了。在塞外草原中馳馬放鷹，縱犬逐兔，從此無牽無掛，當眞開心得多。」兩人此時以斯言定情，嚮往著解密復仇之後，去塞外桃源度過劫後餘生。昔人謂：「英雄回首即神仙。」錢牧齋〈秋夕燕譽堂話舊事有感〉下半旨謂：「埋沒英雄芳草地，耗磨歲序夕陽天。洞房清夜秋燈裡，共檢莊周《說劍篇》。」簡直已寫出蕭峯、阿朱未來退隱後伉儷情深的美滿生活。

本來麼，英雄加美女，是人生的理想模式之一，普通人則嚮往郎才女貌。英雄得意時，如蘇東坡〈念奴嬌〉歌頌的周郎式人物，「遙想公瑾當年，小喬初嫁了，雄姿英發。羽扇綸巾談笑間，強虜灰飛煙滅。」失意時，如辛棄疾〈水龍吟〉所自敘：「可惜流年，憂愁風雨，樹猶如此。倩何人、喚取紅巾翠袖，揾英雄淚。」

喬峯在漢地不僅失意，更且落入「全黨共討之，全國共誅之」的英雄末路。英雄失意，妻妾都要分手，古代如朱買臣之休妻，現代有所謂「不怕殺頭，不怕離婚」之名言。而喬峯在被丐幫和漢地江湖「掃地出門」、面臨末路之際，竟有吳儂軟語、皓腕如雪又聰慧過人的江南少女作伴，揾英雄淚，眞足快慰平生。

但他竟一掌打死了阿朱。他又陷入絕望的境地。阿朱當初分明說：「有一個人敬重你、欽佩你、感激你，願意永永遠遠生生世世陪在你身邊，和你一同抵受患難屈辱、艱險困苦。」言猶在耳，卻已玉碎香消。阿朱貌似救其生父，實則救其情人。她知喬峯打死段正淳還是段打死喬，本難確定；即使喬勝段死，他也陷入冤冤相報的魔圈，段氏集團報復者眾，喬峯、阿朱必無寧日，而且暗箭難防，死多生少。於是她挺身而出，欲以己血，喚醒喬峯，以自己的柔肩，擔當起生父與夫婿的冤孽。她以自己一死挽救雙方的生命，猶如泰戈爾在一首名詩中所說：雛花露出花蕊，叫道：「親愛的世界，請不要凋謝。」（The in fant flower opens its bud ad cries,"Dear world, please do not fade."）她自己卻爲此而凋謝。（周策縱譯《失群的鳥》）

阿朱之死，又如一曲美好的樂章，戛然而止，卻又餘音梟梟；喬峯對她魂繫夢繞，終生難忘；她呢，給自己安排好一個替身，阿紫，用心良苦，眼光深遠。

阿紫，蕭峯的無情的情人

阿紫是阿朱的妹妹，阿朱臨終向蕭峯提了兩個要求。第一個要求，是針對蕭峯因誤殺自己而惱恨自己，舉手猛擊自己腦袋，她想動手阻止他不要自擊，但提不起手臂，說道：「大哥，你答允我，永遠永遠，不可損傷自己。」而第二個要求是正面提出的：「我求你一件事，大哥，你肯答允麼？」待蕭峯首肯後才說出要求的內容，令蕭峯不得拒絕和反悔：「我只有一個親妹子，咱倆自幼兒不得在一起，求你照看於她，我擔心她走入了歧途。」又對阿紫說：「好妹妹，以後，蕭大哥照看你，你……你也照看他……。」

阿朱此言極有深意。我認爲，她在裝扮父親替死之前，已反覆盤算好自己死後給蕭峯和阿紫的安排，所以在臨終時講出了自己的計畫。

這個計畫暗喻阿朱對蕭峯和阿紫無限的柔情和深情，體現阿朱極爲寬廣的胸懷和深謀遠慮的傑出智慧。

對於阿紫來說，她作爲姐姐，父母遺棄了她們姐妹，長姐代母，她將這個親妹子拜託給喬峯，其一確是擔心她走入歧途。以阿朱之靈慧已看出或感覺到妹妹陷入黑暗勢力至少與之有關的狀況，希望透過蕭峯的巨手，讓妹妹受到保護。其二，她爲妹妹找到一個可靠的、完美的歸宿，也即讓妹妹代替自己，做蕭峯的妻子。阿朱深知，只要蕭峯肯照看妹妹，兩人必會日久同處而生情，再加上自己囑託之意，蕭峯日久必能慢慢體味出來，兩人便會水到渠成地結成伉儷。

對於蕭峯來說，她深知蕭峯被逐出丐幫，又爲漢人不齒，心靈失落，必將淪入空虛而自戕，包括心靈的和肉體的。將阿紫拋給他照看，他有了事情做，心靈便會充實；他有責任心，一心要照看好阿紫，他的生命便會延續到阿紫的生命中去，就會「永遠永遠，不可損傷自己」。其二，她對阿紫說：「蕭大哥照看你，你……你也照看他。」後面一句的意思已十分明顯，要阿紫陪伴蕭峯，不讓他寂寞；要阿紫照顧他的日常起居生活。也即要阿紫代自己做蕭峯的終生伴侶。

蕭峯由於傷心之極，未能細思，又因生性粗豪，不夠細密，對阿朱的臨終囑託之意，於己於紫，都只知其一而不知其二。實際上阿朱考慮得非常周到，她深知只有阿紫也能照看蕭峯，才能填補蕭峯的兩個心靈空白：失去阿朱的情感空白；失去事業和聲譽的心靈空白，讓他在阿紫的女性溫柔鄉中打發歲月。阿紫填補了蕭峯的這兩個空白，蕭峯才會「永遠永遠，不可損傷自己」，作爲一個普通的人活下去。因此，阿朱的前後兩個要求是互相勾連的，後一個要求是前一個的切實保證。

以阿朱的靈慧，她深知如果不安排好一個女性讓蕭峯接受，蕭峯便會如遇見自己之前一樣，永遠不會主動去愛上一位女性，更何況在失去自己之後？而現在正好自己的親妹出現，於是就安排親妹給蕭峯互相「照看」，豈非一舉兩便，兩全其美？

蕭峯雖然只知其一而不知其二，阿紫卻完全領會姐姐對自己的美意，和替代姐姐對自己的意義。這是阿紫極其靈慧的表現，非常可愛！

她不是當場拒絕姐姐，分明說道：「這個粗魯難看的蠻子，我才不理他呢。」

這是她調皮的反話，又是她少女羞澀和矜持的必然反應。以阿紫高傲的氣性，最好是自己一再拒絕，蕭峯則一再求愛，自己一再刁難戲弄蕭峯，讓蕭峯費盡心機地討好自己，自己再半推半就地首肯，最後共墜愛河，自己則占盡上風。這位連言語也不肯吃一點點虧的姑娘，因酒保講了一句「要割我的舌頭麼，只怕姑娘沒這本事」這樣無傷大雅的戲言，便用計割了他的舌頭，而且還是酒保磕頭求饒才為他割的！

而當蕭峯不肯帶她同行時，她卻硬要黏住他，設計黏住他，非要他照看自己不可；以她的過人靈慧，知道蕭峯不僅不愛自己而且還嫌棄自己時，她反過來懇求蕭峯接受自己的照看：「你心境不好，有我陪著解悶，心境豈不是慢慢可以好了？你喝酒的時候，我給你斟酒，你替換下來的衣衫，我給你縫補漿洗。我行事不對，你肯管我，當眞再好沒有了。我從小爹娘就不要我，沒人管教，什麼事也不懂……」說到這裡眼眶兒便紅了。

阿紫的靈慧，已看透蕭峯，說他「粗魯」，眞一點不錯。粗心而魯莽的蕭峯，不懂少女的心，不識阿朱、阿紫姐妹的好心，竟然心想：「她姊妹倆都有做戲天才，騙人的本事當眞爐火純青，高明之至。可幸我早知她行事歹毒，決計不會上她的當。她定要跟著我，到底有什麼圖謀？……」蕭峯不懂，阿紫行事歹毒，對別人如此，對你並不歹毒，她有機會就撲進你的懷中，可惜你不領情。

阿紫在蕭峯的暗助下，擊退師兄們的圍剿，又黏住想躲離她的蕭峯，一再請求蕭峯帶她同行，又一再說：「姊夫，以後我跟你在一起，多向你學些好心眼兒。」蕭峯回敬她：「你跟著我這個粗魯匹夫有什麼好？」阿紫道：「你要想什麼事情，不如說給我聽，我幫你想想。你這人太好，挺容易上人家的當。」蕭峯又好氣又好笑，說道：「你一個小女孩兒，懂得什麼？難道我想不到的事，你反而想到了？」阿紫道：「這個自然，有許多事情，你說什麼也想不到的。」阿紫接著考問蕭峯：「誰給你做飯吃？誰給你做衣穿？」蕭峯一怔，他可從來沒想到過這種事情，隨口道：「吃飯穿衣，那還不容易？咱們契丹人吃的是羊肉牛肉，穿的是羊皮牛皮，到處爲家，隨遇而安，什麼也不用操心。」阿紫道：「你寂寞的時候，誰陪你說話？」蕭峯道：「我回到自己族人那裡，自會結識同族的朋友。」阿紫道：「他們說來說去，盡是打獵、騎馬、宰牛、殺羊，這話聽得多了，又有什麼味道？」蕭峯嘆了口氣，知道她的話不錯，無言可答。

阿紫對蕭峯的以上啓發和主動撲入他懷裡，盯牢他非要他照看自己不可的意志、願意照看他生活的熱忱，說明她充分領會姐姐的意圖並願實現這個意圖。眞是一個靈慧而可愛的女孩！我們分明也能感覺到金庸在描寫這位女孩時對她的喜愛和同情。

有的評論者認爲：「阿紫是個最討人厭的人。」「女人不是個個都可以壞心腸和任心、無理取鬧和胡亂糟蹋別人的，除非她是天姿國色，又聰明絕頂。阿紫既非絕色，又不聰明，金庸卻給了她如許特權，還叫豪氣干雲的蕭峯愛上她，那

豈不令她更討人厭嗎？」（林燕妮〈再談黃蓉等等〉，《金庸茶館》第四冊）

林燕妮這段言論偏頗性太大。首先絕色、聰明的女子便有特權壞心腸、任性和無理取鬧了嗎？這樣做是否會有好下場？其次，阿紫雖非絕色，但已有足夠的美麗，足使蕭峯動心，小說中不只一次提到此點。第三，阿紫不是聰明絕頂的女子嗎？看她倉卒中對乃姐臨終遺言的深入領會，連眾多此書的讀者和學者也尚未見及；又看她一路與師兄們的鬥嘴鬥智，在酒樓上的精心安排和伶嘴巧舌，所流露的慧心靈氣，都令人讚嘆。因此，如蕭峯眞的能愛上她，她果眞能幫蕭峯想想遇到的人生難題，她的智慧與蕭峯的頭腦可起互補作用。蕭峯也完全有能力校正阿紫的壞心腸，因爲她的確是什麼也不懂，她尚年少，可塑性還非常強，更何況她還表示過願向姐夫學些好心眼兒。

另有評論者批評：「阿紫固是性情中人，然嚴格說來，她尚未進入愛情之中，只在邊緣而已。阿紫固然想對姊夫蕭峯好，爲了蕭峯，許多事物皆可不當它重要，但還似乎不能稱爲愛情，僅是愛情的變格、愛情的近似物而已。阿紫不但在尋常生命中不合道德，連尚未進入愛情中心便已要借用愛情中的『惡』，實在

是太不堪了。」（施國治〈讀金庸偶得〉，《金庸茶館》第二冊）

阿紫全身心地愛蕭峯，願放棄「許多事物」；只要與他長相廝守，亡命天涯也在所不惜；自己被他打成重傷，「我寧可永遠動彈不得，你便天天這般陪著我」。她熱情地向蕭峯這樣的表白，這不是全身心地愛著蕭峯嗎？她忽然用毒針傷他，實也因蕭峯一再拒絕她的長久相隨、互相照看的美意，絕望之中哭倒在地，要「哭死給你看」，蕭峯仍無情離去；她實在沒有辦法，出此下策，原是極辦法，以此留住蕭峯，她可服侍他一生。以阿紫很淺的閱歷，確無良策，只能用她擅長的故技。她心地單純，絕非是因自己得不到，也不讓別人得到他而施毒手謀殺，所以她後來在大草原上還襟懷袒白地讓蕭峯猜測：「那天我忽然用毒針傷你，你知道是什麼緣故？」蕭峯猜不出，阿紫嘆了口氣，道：「你既猜不到，那就不用猜了。」天眞之狀可掬。

最後，蕭峯自殺後，阿紫推開眾人，抱起屍體，說道：「姊夫，你現在才眞的乖了，我抱著你，你也推不開我。是啊，要這樣才好。」又柔聲說道：「以前我用毒針射你，便是要你永遠和我在一起，今日總算如了我的心願。」阿紫抱著蕭峯的遺體跳入萬丈深谷。爲愛情獻出年輕的生命，愛得眞，愛得深，莫此爲甚。

我們之所以稱阿紫是蕭峯無情的情人，是因爲阿紫對蕭峯有情，蕭峯卻對她無情；阿紫爲獲得蕭峯之情，不惜用毒針射他，手段無情，內藏至情。

羅龍治先生說得好：「其實阿紫令人同情。」她從小被父母遺棄，落入星宿派泥潭，故而一點不懂人世之常情和道德，她的一切不良言行，是早年生存環境的產物。蕭峯未能切實執行阿朱的遺言，用愛心回報阿紫的無比信任和珍貴愛情。羅龍治先生發問：「到底是阿紫對不起蕭峯，還是蕭峯對不起阿紫？」「阿紫因蕭峯而死，阿朱也因蕭峯而死。你同情阿紫，還是阿朱？」「比起阿朱和王語嫣，阿紫一生連半點幸福的影子都沒有。是誰使她這樣？」（〈我看《天龍八部》〉，《金庸茶館》第三冊）

阿紫還是一個需要引導和保護的少女，蕭峯對她的確尙未盡足責任，不知讀者以爲然否？

養父母、恩師和亦仇亦友諸人

喬三槐夫婦在少室山下務農，無子女，所以帶頭大哥拿了一百兩銀子，請他們將尙爲嬰兒的蕭峯撫養成人。蕭峯對養父印象最深的有三件事物：「爹爹勤勉節儉，這把破茶壺已用了幾十年，仍不捨得丟掉。」這是一把柄已斷了的茶壺。另有菜園旁的那株大棗樹，兒時每逢棗熟，父親總攜著他的小手，一同擊打棗子。紅熟的棗子飽脹皮裂，甜美多汁，自從離開故鄉之後，從未再嘗到過如此好吃的棗子。憶及此情此景，蕭峯心想：「就算他們不是我親生的爹娘，但對我這番養育之恩，總是終生難報。不論我身世眞相如何，我絕不可改了稱呼。」七歲時，爹爹得了重病，媽媽將家中僅有的六隻母雞一簍雞蛋，拿到鎭上去賣得了四錢銀子。大夫嫌錢少路遠，不肯出診。喬峯偷了一把刀，準備報仇，去殺醫生，卻掉了銀子。媽媽以爲用銀錢去買了刀，嘆氣說道：「孩子，爹爹媽媽窮，平日沒能買什麼玩意兒給你，當眞委屈了你。你買了那刀子來玩，男孩子家，也沒什麼。多餘的錢你給媽媽，爹爹有病，咱們買斤肉來煨湯給他喝。」而爹爹卻道：「你媽多事，錢不見了，有什麼打緊？大驚小怪的查問，婦道人家就心眼兒小。」父母從來不打他，雖然只是個幾歲大的孩子，也當他客人一般，一向客客氣氣的待他。

喬峯與養父母的感情很深，離開故鄉出任丐幫幫主以來，每年派人向父母奉上衣食之敬，請安問好。喬峯對養父母的感情很真摯。看到他們被殺害，非常悲痛。在十餘名敵手圍攻之下，還挾了養父母屍首，竄向人所難至、林木茂密的陡坡，將爹娘掩埋了，跪下來恭恭敬敬的磕了八個響頭，發誓報仇而別。

少林寺玄苦大師是喬峯習武的師父。念及「當年師父每晚下山授我武藝，縱然大風大雨，亦從來不停一晚。這等重恩，我便粉身碎骨，亦當報答」。喬峯一想至玄苦大師或將因己之故而遭危難，不由得五內如焚，即使冒再大的險，也要相救。但玄苦在喬峯出手相救之前，已遭敵手。臨死之前，語音平靜地對方丈說：「小弟受戒之日，先師給我取名為玄苦。佛祖所說七苦，乃是生、老、病、死、怨憎會、愛別離、求不得。小弟勉力脫此七苦，只能渡己，不能渡人，說來慚愧。這『怨憎會』的苦，原是人生必有之境。宿因所種，該當有此業報。眾位師兄、師弟見我償此宿業，該當爲我歡喜爲是。」方丈又問他兇手形貌，玄苦大師說道：「方丈師兄，小弟不願讓師兄和眾位師兄弟爲我操心，以致更增我業報。那人若能放下屠刀，自然回頭是岸，倘若執迷不悟，唉，他也是徒然自苦而已。此人形貌如何，那也不必說了。」方丈玄慈大師說道：「是！師弟大覺高見，做師兄的太過執著，頗落下乘了。」玄苦道：「小弟意欲靜想片刻，默想懺悔。」

七苦中的怨憎會苦，《大涅槃經》第十二解釋說：「怨憎會苦，所不愛者而共聚集。」指眾生不由自主，不得不與不喜歡的人或事「聚集」（生活、相處）在一起的痛苦。此指玄苦認爲暗殺他之人與他相處、相遇之苦，是人生應受的七苦之一。宿業，前世之業，業指身心活動。宿，指過去世，即前世。業報，這裡指不善得到的報應。

玄苦大師被人一掌擊成重傷，生命危在旦夕，他竟慈悲爲念，不記仇冤，責怪自己前世傷害過此人，故而今世受此報應。臨終不怨不恨，反而感到解脫，靜坐懺悔，等待死亡。玄苦武功高深，隔牆有人摒息凝氣，也能察覺，並知非寺內僧人，而是遠來之客，內功修爲極爲了得；「佳客遠來，何以徘徊不進？」「徘徊」二字，顯示還知他潛身已非一刻。玄苦的胸襟之寬廣，視死如歸之平靜和功夫之深，由此可見。喬峯有此良師，於德於藝皆深受教益。

但《天龍八部》描寫喬三槐夫婦和玄苦大師的內容雖甚少，也有疏漏之處。當年帶頭大哥將一歲的嬰兒喬峯托喬氏夫婦領養時，曾給他們一百兩銀子。過了六年，喬峯七歲時，他們竟窮得毫無現銀，治急病的四錢銀子也靠賣雞賣蛋而得。按喬三槐勤勉節儉之性格，六年內絕對用不完這一百兩銀子；如果當初用此銀買田，也可過小康生活，更不會窮到如此地步。

又，玄苦功夫如此高深，似乎受人偷襲而毫不察覺，一掌之下便肋骨齊斷，五臟破碎，這樣的描寫，也可商榷。

帶頭大哥玄慈大師、智光大師和汪幫主上人之當，錯殺蕭遠山夫婦，但知錯能改，既感萬分對不起無辜受累、慘遭殺害的契丹人包括蕭氏夫婦，又贈銀托喬氏夫婦撫養喬峯，又將喬峯培養成爲一位英雄人物，將幫主之位傳給喬峯。他們既是殺害喬峯父母的仇人，又是撫育培養喬峯的恩人。是仇大還是恩大，喬峯應該報仇還是報恩，根本無法決斷。喬峯明白身世眞相後，汪幫主已死。喬峯兩次面對昔日仇敵智光：第一次盛怒之下扭住他，依舊放了他；第二次爲查究帶頭大哥姓名，特地到天台山止觀禪寺，智光已前知，特派樸者和尚到縣城客店前迎，蕭峯全無加害之意，智光作偈啓示蕭峯而當場圓寂。蕭峯淒然無語，跪下拜了幾拜才走。蕭峯並不濫施報復。

丐幫中的眾位長老和上層人物，原係喬峯戰友，後因他是契丹人而化友爲敵。喬峯處置與這些人的關係，於〈處事篇〉中再加評述。其中副幫主馬大元獨爲例外，他的妻子康敏發現汪幫主的遺書，知道了喬峯的身世，便要馬大元當眾揭露，好叫天下好漢都知喬峯是「契丹的胡虜」，要喬峯做不成幫主，無法在中原立足，連性命也是難保。儘管喬峯不喜馬副幫主的爲人，見他到來，往往避開，儘管馬大元向來對夫人千依百順，他這次非但不聽她話，反而狠狠罵她一頓，說道從此不許她出門，她如吐露了隻字，要把這位自稱「老娘」的嬌妻斬成肉醬。他終於因此而被害。馬副幫主的忠義堅貞，沒有辜負喬峯對他的信任，喬峯爲他之死，特地到江南調查眞相。

另有執法長老白世鏡，向來鐵面無私，幫中大小人等，縱然並不違犯幫規刑條，見到他也是懼怕三分。此人是一個面色蠟黃的老丐，八月十四日到馬副幫主家中作客，來過中秋節，正値馬夫人要揭發喬峯身世，她丈夫不允怒罵之時一個多月之後，馬夫人故意引他著了迷。馬夫人以抖露他強姦自己爲要挾，逼他殺害馬大元。馬夫人又逼他出頭揭露喬峯的身世秘密，他情願拿刀子自盡也不肯答應。白世鏡爲此在杏林中反遭全冠清等叛黨的擒獲。喬峯在聚賢莊與群雄惡鬥之前，與在場的昔日朋友一一對飮絕交。他對白世鏡當眾「托孤」，「咱們是多年好兄弟，想不到以後成了冤家對頭。」白世鏡眼中珠淚滾動，說道：「喬兄身世之事，在下早有所聞，當時便殺了我頭，也不能信，豈知……豈知果然如此。若非爲了家國大仇，白世鏡寧願一死，也不敢與喬兄爲敵。」語氣恭謹，不異昔日。喬峯請他照護阿朱周全，他當場表態：「喬兄放心，白世鏡定當求懇薛神醫賜予醫治。這位阮姑娘若有三長兩短，白世鏡自刎以謝喬兄便了。」又道：「待會交手，喬兄不可手下留情，白某若然死在喬兄手底，丐幫自有旁人照料阮姑娘。」白世鏡素來和喬峯交情極深，喬峯以上告託猶如臨終遺言，白世鏡果未食言，喬峯重傷被救後，白世鏡以傳授薛神醫七招「纏絲擒拿手」爲代價，請薛神醫治癒阿朱的重傷。

因此白世鏡是喬峯亦敵亦友中的一個特殊人物。他害死馬大元，實際上已成了喬峯的間接敵人，但他不管馬夫人如何威逼色誘，說什麼也不肯做對不起喬峯的事；在聚賢莊雖與喬峯對飲絕交之酒，聲明爲家國大仇才與喬兄爲敵，但此後卻從未交手爲敵，又受喬峯臨危之托，請薛神醫治癒阿朱之傷，辦成了喬峯想辦而辦不成的大事，名爲敵，實爲友。喬峯在瞭解白世鏡的眞相後，吁了口氣，怒斥馬夫人：「白世鏡鐵錚錚的一條好漢子，就這樣活活的毀在你手中……。」

白世鏡因色亂性，先犯「朋友妻，不可欺」之人生禁忌而鑄成大錯，繼又淪落爲殺害戰友的凶手，但他的忠義良智並未全部泯滅，故能善待喬峯和他的女友。金庸刻劃這個複雜的人物，很是成功。

段譽和虛竹，蕭峯的忠義兄弟

段譽雖貴爲大理國皇家公子，卻與草莽英雄喬峯結義爲兄弟。段譽爲人真誠仁義，對遇到的人都抱善意、尊重的態度，看到英雄和強者，由衷地欽敬。段譽在酒樓上初見喬峯，不計較他的衣著灰舊破爛，讚賞他的相貌英武、顧盼威武和飽經風霜之色，認定他是燕趙北國的悲歌慷慨之士，慧眼識人。段譽是性情中人，有心要結交這位英氣勃勃的朋友，先則請客，繼則鬥酒，比試腳力。途中兩人互相介紹，方知對方姓名、來歷。段譽介紹自己被擒到此的種種倒楣的醜事，全無隱瞞，喬峯又驚又喜，感到「你這人十分直爽，我生平從所未遇，你我一見如故，咱倆結爲金蘭兄弟如何？」段譽喜出望外。喬峯比段譽大十一歲，段譽連叫「大哥」，喬峯幾稱賢弟，均是不勝之喜。

段譽爲人誠懇熱情，他與虛竹結義爲兄弟，竟將喬峯也結拜在內。蕭峯爲救阿紫，在少室山被千餘人包圍，且有當世三大高手丁春秋、慕容復、游坦之聯袂環攻，勢難脫身。段譽卻當眾相識：「大哥，別來可好？這可想煞小弟了。」喬峯問候後，勸道：「兄弟，此時局面惡劣，你我兄弟難以多敘，你暫且退開，山高水長，後會有期。」段譽每次遇險，都膽小開溜，這時眼見情勢凶險，胸口熱血上湧，決意和蕭峯同死，以全結義之情。生死決戰之前，蕭峯見寡不敵眾，勢難脫身，與段譽飲酒作生死之別，虛竹在人叢中見蕭峯英氣逼人，超凡拔俗，大爲心折；又見段譽甘與共死，自己與段譽結拜時曾將蕭峯結拜在內，大丈夫一言既出，生死不渝，當即拜見大哥蕭峯。蕭峯此時方知此事，心想：「我死在頃刻，情勢凶險無比，但這人不怕艱難，挺身而出，足見是個重義輕生的大丈夫、好漢子。蕭峯和這種人相結爲兄弟，卻也不枉了。」當即跪下互拜，義結金蘭。段譽和虛竹，慷慨赴義，陪蕭峯同死，這樣的朋友，較西諺“A friend in need, is a friend in deed.”（需要時的朋友是眞正的朋友）似更進一層。

正由這位段譽代蕭峯一起結義的兄弟虛竹，以渾厚的內力、精奇的掌法迎戰丁春秋，幫助蕭峯去掉一個頂尖的強敵，一下子改變了戰局的形勢。蕭峯力戰游坦之、慕容復兩大高手，雍容有力，段譽怕他難以持久，竟不顧自己不懂武功，不怕得罪王語嫣，出戰慕容復，讓蕭峯騰出全力，獨鬥游坦之，占盡上風，終於重創、打倒游坦之，奠定勝局。虛竹打敗丁春秋，段譽危急中使出六脈神劍，在蕭峯的指點下，將慕容復殺得醜態畢露，臉如死灰，蕭峯又將慕容復提在半空，擲出七八丈外，大獲全勝。

段譽和虛竹的連袂上陣，在這一場生死決戰的化險爲夷過程中，起了關鍵作用。

老僧講經，蕭遠山和慕容復及少林眾僧跪聽之時，鳩摩智暗下毒手，段譽胸口中了他的「火焰刀」，幸得蕭峯救出，並安頓他在喬三槐故居養傷。

接著蕭峯又陪段譽、虛竹去西夏，因爲他感到：「我在大遼位望雖尊，卻沒一個談得來的朋友。中原豪傑都得罪完了，好不容易結交到這兩個慷慨豪俠的兄弟，若得多聚幾日，誠大快事。好在阿紫已經尋到，這時候就算回南京去，那也無所事事，氣悶得緊。」到了西夏後才分手。

蕭峯因反對遼國侵宋，被遼帝囚禁。段譽、虛竹雖已貴爲大理天子、西夏駙馬，仍不避艱險勞頓，與少林諸僧和丐幫群雄前來相救。救出蕭峯後，遭遼國大軍圍剿，勢難抵擋，二人分站蕭峯左右，說道：「大哥，咱們結難兄弟，有難同擋，生死與共！」再次與蕭峯一起赴難，幸得阿骨打率女眞部前來救援，才脫危險。在五台山雁門關前，遼軍再次追擊而及，危急之時段譽、虛竹冒險闖入遼陣，生擒遼帝。蕭峯自殺後，虛竹和段譽搶救不及，放聲大哭，拜倒於地。最後，阿紫抱蕭峯遺體跳崖，虛竹和段譽與眾人跪下向谷口拜了幾拜，才翻山越嶺而去。

段譽和虛竹與蕭峯結拜兄弟，在蕭峯兩次危急關頭都生死與共，幫助蕭峯度過難關，化險為勝，雲天高誼，令蕭峯感激不盡。

蕭峯與段譽、虛竹三兄弟都是忠厚、眞誠、善良和謙虛的君子，不畏艱難甘與共死的大丈夫，武功超群的江湖名俠。但是蕭峯和兩位義弟的志量和命運恰恰相反。蕭峯原有大志，膽魄雄偉，早就練成驚世武功，在江湖上有極高的地位——是天下第一大幫的幫主。但是他後來失去幫主之位，成為江湖上人所不齒的胡狗、凶手；雖因機緣而任遼國南院大王，權勢僅次於遼帝耶律洪基，他感到遠不及在中原當幫主有味。喬峯的氣魄和才華足以當一個名實相副的領袖人物，卻報國無門，宋、遼都不能相容，最後以自殺告終。段譽一心讀書，堅決不學武功，卻因某種機緣學會絕世武功，又因情勢所逼，不斷使用武功。他不想有作爲，卻被迫作了大理國皇帝。虛竹一心修行，資質平庸，既學不會高深武功，更拒絕入世，結果無意中被傳入高深武功，又被迫破戒，當了靈鷲宮主人和西夏國駙馬。三人的命運正好與自己的願望相反。段譽、虛竹，善有善報；喬峯、蕭峯，善有惡報。

段譽、虛竹與喬峯爲《天龍八部》中幾可並列的三大主人公。尤其是段譽，在書中的篇幅與喬峯平分秋色。他作皇帝，必能牢記伯父段正明教導：第一愛民，第二納諫，尤其是將來年紀老時，不會自恃聰明，於國事妄作更張，更不會擅動刀兵，塗炭生靈。面對蕭峯，他自稱：「大理乃僻處南疆的一個小國，這『皇帝』二字，更是僭號。……給人叫一聲『陛下』，實在是慚愧得緊。咱倆情逾骨肉，豈有大哥遭厄，小弟不來與大哥同處患難之理？」喬峯三十以後，歷盡坎坷，但貴爲皇帝的朋友和結義兄弟卻遠不只一位。

完顏阿骨打，蕭峯的一位特殊朋友

蕭峯為了救阿紫性命，抱著她來到東北長白山尋找野山參。冰天雪地之中，接連三天沒有吃飯，想打隻松雞野兔，卻毫無蹤影。正在此時，聽到虎嘯聲，他想打虎吃肉，遇到追逐老虎而來的阿骨打，兩人在一起打虎時結成友誼成為朋友。

完顏阿骨打（一〇六八—一一二三），即金太祖，是金王朝的建立者。一一一五—一一二三年在位。漢名旻。女眞族完顏部首領，遼天慶三年（一一一三年）繼任都勃極烈。此後，他逐步統一鄰近部落，實力大為增強；又多次發動反對遼的奴役的戰爭，連續取得勝利，奪取不少遼地，疆域不斷向南延伸發展。天慶五年（一一一五年）稱帝，國號金，年號收國。命完顏希尹製作女眞文字。天輔三年（遼天慶九年，宋徽宗宣和一年，即公元一一一九年）與北宋訂約共同攻遼，陸續占有遼的大部分土地。

《天龍八部》描寫蕭峯到長白山是公元一〇九一年左右，此時阿骨打是二十三歲左右的青年。

小說描寫阿骨打的父親：阿骨打與蕭峯一起打死猛虎後，知道蕭峯爲挖掘人參替阿紫醫病，以致迷路，流落於冰雪荒野之中，於是帶領蕭峯回營。走到第三天，「轉過兩個山坳，只見東南方山坡上黑壓壓的紮了數百座獸皮營帳。」「阿骨打帶著蕭峯走向中間一座最大的營帳，挑帳而入。蕭峯跟了進去。帳中十餘人圍坐，正自飲酒，一見阿骨打，大聲歡呼起來。」……「問起情由，原來此處是女眞人族長的帳幕。居中那黑鬚老者便是族長和哩布。他共有十一個兒子，個個英雄了得。阿骨打是他的次子。」

《天龍八部》作爲小說，虛構主人公蕭峯結識歷史眞實人物、女眞族的名人阿骨打和他的父親，以創造歷史氛圍，增強眞實感，是很有意義的。如果能參照歷史記載，描寫的內容既精彩，又符合史實，則更好。但這段描寫距史實很遠。

其一，阿骨打之父，《天龍八部》稱其名爲「和哩布」，《金史》譯爲「劾里鉢」，兩者音同字不同，似據權威的《金史》（二十四史之一）統一譯名更好。

劾里鉢在《天龍八部》所描寫的公元一〇九二年秋蕭峯帶阿紫離開前應已去世。確切地說，劾里鉢於遼大安八年五月十五日卒，是年爲公元一〇九二年。享年五十四，襲節度使位十九年。劾里鉢不是族長，而是節度使。節度使是官名，是唐初沿北周及隋朝的舊制，於重要地區設總管，後改稱都督，總攬數州軍事，睿宗景云年間（七一〇—七一一），始逐漸改稱節度使。北宋時收回兵權，已有名無實，而遼、金仍沿唐制設此官，元朝廢止。

阿骨打的祖父烏古迺爲遼皇朝安定東北有功，「遼主召見於寢殿，燕（通「宴」）賜加等，以爲生女直部族節度使。」烏古迺領導的女眞，「既爲節度使，有官屬，紀綱漸立矣。」即開始有規章制度。劾里鉢在烏古迺死時，襲節度使，而非處於原始時期的族長。節度使是遼皇朝給他的官職。

劾里鉢死後，他的同母弟頗刺淑襲節度使，甲戌（一〇九四）年八月卒。同母弟盈歌襲節度使，癸未（一一〇三）年十月卒。因此《天龍八部》描寫蕭峯離開女眞族地盤時，女眞族的首領已不是阿骨打業已去世的父親劾里鉢，而是他的叔父頗刺淑。

其二，阿骨打之父劾里鉢死後，節度使之官職雖先後由他的兩個叔父和兄長襲任，阿骨打在女眞中的地位甚高。劾里鉢在世時非常器重他，他也很有軍事才能。他遠出而歸，盈歌「必親迓（迎接）之」（《金史》〈太祖本紀〉）。而且阿骨打二十三歲起即領兵打仗，故而蕭峯遇見他時，他孤身一人遠離本部打獵，是不可能的。

阿骨打是個英才，《金史》中評論他：「英謨叡略，豁達大度，知人善任，人樂爲用。」「金有天下百十有九年，太祖數年之間算無遺策，兵無留行，底定大業，傳之子孫。嗚呼，雄哉。」

至於阿骨打率領族人與蕭峯一起去西北山嶺打大熊，邂逅遼帝耶律洪基，蕭峯力擒遼帝，全屬小說的藝術虛構，自不待言。

小說描寫耶律洪基被蕭峯捕獲後，阿骨打等將他押送到女眞大營。耶律洪基向蕭峯懇求放回，表示願付贖金「黃金五十兩、白銀五百兩、駿馬三十匹」。阿骨打的叔父頗拉蘇（即頗剌淑）道：「你是契丹大貴人，這樣的贖金大大不夠，蕭兄弟，你叫他送黃金五百兩、白銀五千兩、駿馬三百匹來贖取。」這位頗拉蘇，《金史》的譯名爲「頗剌淑」，本書前已言及，他是劾里鉢的同母弟，劾里鉢於一〇九二年死時襲其節度使之職。頗拉蘇即頗剌淑已於一〇九四年即蕭峯死前之一年已去世。

《天龍八部》敘述蕭峯由阿骨打帶路，到達女眞人營地時，介紹：「女眞人與契丹人本來時相攻戰，但最敬佩的是英雄好漢。那完顏阿骨打精明幹練，極得父親喜愛，族人對他也都甚是愛戴，他既沒口子的讚譽蕭峯，人人便也不以蕭峯是契丹人爲嫌，待以上賓之禮。」

史實是當時女眞並沒有實力與契丹人攻戰，女眞不僅未向契丹索要任何東西，相反經常向契丹皇帝上貢良馬，並一度內附遼國。女眞進攻契丹是在耶律洪基的孫子當皇帝，遼國衰落時發動的。至於小說指出「那完顏阿骨打精明幹練，極得父親喜愛，族人對他也都甚是愛戴」，後又說「阿骨打也是個大有見識的英雄，對蕭峯的輕財重義，豁達大度，深爲讚嘆。」此皆符合阿骨打這位歷史人物的眞實情況。對照《金史》中對阿骨打的總評可知。

《天龍八部》描寫蕭峯與阿骨打的友誼，共爲三事：

其一，蕭峯爲救阿紫性命，抱著垂死的阿紫數千里跋涉，來到冰天雪地的長白山，財盡糧絕，以打虎謀生，遇到追虎而來的阿骨打，兩人各打死一虎。阿骨打欽佩蕭峯的英勇無畏，又知蕭峯爲救阿紫，需要人參，阿骨打表示：「要人參容易得緊，隨我去要多少有多少。」於是帶領蕭峯、阿紫回女眞人營盤。

蕭峯和阿骨打在互相介紹後，知道兩人民族不同，女眞、契丹還是敵對民族，但兩人皆無民族矛盾的芥蒂，互相敬重對方的勇力和不畏艱險的大無畏精神，惺惺相惜，視爲摯友。

其二，大約半年後，蕭峯隨阿骨打到西北山嶺去打大熊。正隨熊的腳印追蹤，大隊契丹人馬也追熊而來。契丹人依仗人多勢眾，包抄阿骨打及其部屬，雙方都被射死多人；阿骨打帶領殘存的五人奔逃，蕭峯眼看阿骨打等人要被契丹人圍殲或射殺，念及「這些時候來女眞人對自己待若上賓，倘連好朋友遇到危難也不能保護，還說什麼英雄好漢？但若大殺一陣，將這些契丹人殺得知難而退，勢必多傷本族族人的性命，只有擒住這個爲首的紅袍人，逼他下令退卻，方能使兩下鬥罷」。他涉險而上，果眞抓獲契丹的首領，逼退契丹人的進攻。阿骨打眼見蕭峯在自己力竭勢危、難以生還的劣境中，不僅救出自己，還擒住敵酋，反敗爲勝，欽佩之極，也感激不盡。

其三，契丹首領放歸後，送給蕭峯黃金五千兩、白銀五萬兩、錦緞一千匹、上等麥子一千石、肥牛一千頭、肥羊五千頭、駿馬三千匹，和諸般服飾器用。待契丹人告別後，他將金銀錦緞、牛羊馬匹盡數轉送了阿骨打，請他分給族人。女眞人自是皆大歡喜，人人都感激蕭峯。

從冬到夏，夏去秋來，阿紫在女眞人地盤以參爲食，靜心調養，傷病好了許多。此後數月，蕭峯帶阿紫出外騎馬散心、挖參打獵；後來帶了帳篷，在外宿營，數日不歸。一天向西遠行，離開了女眞人營地。又行了數日，遇到耶律洪基，他誠邀蕭峯並宴請，恰遇遼國發生內亂，蕭峯見他面臨危難，決心給予幫助，即隨他回遼。

蕭峯與阿骨打相處僅短短的一年，但他倆純樸眞摯的友誼，則給讀者留下了不淺的印象。金國的開創者阿骨打在草創時期具有虎虎的生氣和純樸的性格，《天龍八部》的描寫是比較生動眞實的。蕭峯生前未及看到阿骨打父子攻打和消滅遼國的戰爭，這還是他的一種幸運。

但蕭峯在臨死之前還是看到了阿骨打和女眞人的一絲厲害，但更感受到友誼之溫暖。他在拒絕爲遼帝耶律洪基帶兵攻宋之後被擒，段譽、虛竹和中原群雄前來劫獄，救出蕭峯。遼兵追來，阿骨打帶兵也來相救。兩人相見，四手相握，阿骨打喜道：「蕭大哥，那日你不別而行，兄弟每日記掛，後來聽探子說你在遼國做了大官，倒也罷了，但想遼人奸滑，你這官只怕做不長久。」果然日前探子報道：「你被那狗娘養的皇帝關在牢裡，兄弟急忙帶人來救，幸好哥哥沒死沒傷，兄弟甚是歡喜。」阿骨打眞是蕭峯忠誠的朋友。他又熱誠邀請：「哥哥，不如便和兄弟共去長白山邊，打獵喝酒，逍遙快活。」盛情可感，蕭峯不禁動心，又想起在長白山下的那段日子，除了替阿紫治傷之外，再無他慮，更沒爭名爭利之事，此後在女眞部中安身，倒也免卻了無數煩惱，便道：「兄弟，這些中原來的英雄豪傑，都是爲救我而來，我將他們送到雁門關後，再來和兄弟相聚。」

蕭峯感於阿骨打的盛情，願去長白山，在林海雪原中追求平靜樸實的生活，度過劫後之餘生。可惜接著發生的變故奪去了他的生命，他那純樸無爲的善良願望，又一次破滅。他與阿骨打的友誼也隨著生命的終止而自然結束。

阿骨打於二十年後稱帝，建立金國，成爲開國皇帝金太祖。在此期間攻占遼國大片國土。又過十年，即他去世二年後，其弟金太宗於公元一一二五年滅遼，又二年，滅北宋。

蕭峯所交的這位特殊朋友，是後來的金國開國皇帝；此人待蕭峯極其眞誠，能共患難，但卻是蕭峯故國和第二祖國遼、宋的大敵，眞正是他的特殊朋友啊！

耶律洪基，蕭峯的另一位特殊朋友

蕭峯的朋友中間，耶律洪基也是極爲特殊的一位，因爲他是遼國的當朝皇帝。

遼國立國（公元九一六—一一二五年）近二百十年，共有九位皇帝。其排列如下：

太祖耶律阿保機（公元九〇七—九二六年在位）

太宗耶律德光（公元九二七—九四七年在位）

世宗耶律阮（公元九四七—九五〇年在位）

穆宗耶律璟（公元九五一—九六八年在位）

景宗耶律賢（公元九六九—九八二年在位）

聖宗耶律隆緒（公元九八二—一〇三一年在位）

興宗耶律宗貞（公元一〇三一—一〇五四年在位）

道宗耶律洪基（公元一〇五五—一一〇〇年在位）

天祚皇帝耶律延禧（公元一一〇一—一一二八年在位）

耶律洪基名列第八，倒數第二。九位皇帝中，聖宗即位時年僅十二，由母親蕭太后（遼景宗皇后，九五三—一〇〇九）攝政，因此遼國執政者實爲十人。聖宗耶律隆緒（九七一—一〇三一）是遼國繼開國皇帝太祖耶律阿保機（八七二—九二六）及其繼任太宗耶律德光（九〇二—九四七）之後最重要的一位皇帝，這不僅是因爲他在任時間最長，幾近五十年，而且因爲他在任時連年攻宋，多次擊敗宋軍，更因爲他注意拔用人才，統治頗爲穩固。

道宗孝文皇帝耶律洪基是聖宗的長孫，是遼太祖耶律阿保機的六世孫，遼代第八個皇帝。《遼史》〈本紀〉記敘：

> 道宗孝文皇帝，諱洪基，字涅鄰，小字查剌。興宗皇帝長子，母曰仁懿皇后蕭氏。六歲封梁王，重熙十一年（一〇四二年）進封燕國國，總領中丞司事。明年，總北南院樞密使事，加尚書令，進封燕趙國王。二十一年（一〇五二年）為天下兵馬大元帥，知惕隱事，預朝政。帝性沉靜、嚴毅，每朝，興宗為之斂容。

《遼史》〈本紀〉一開首簡介他的來歷、早年簡史，尤強調他沉靜、嚴毅的性格，甚至贏得其父親的敬重。

耶律洪基之父，遼興宗耶律宗眞於重熙二十四年，即宋仁宗至和二年（一〇五五年）秋八月駕崩，耶律洪基即皇帝位於柩前。時年二十五歲。至壽昌（隆）七年春正月（一一〇〇年末）去世，時年七十。《遼史》本紀對他的評價爲：

道宗初即位，求直言，訪治道，勸農興學，救災恤患，粲然可觀。及夫謗訕之令既行，告訐之賞日重。群邪並興，讒巧競進。賊及骨肉，皇基寖（同「浸」，愈益，更加）危。眾正淪胥，諸部反側。甲兵之用無寧歲矣。一歲而飯僧三十六萬，一日而祝發三千。徒勤小惠，蔑計大本。尚足與論治哉？

對其政績，前期評價很高，後期指責甚多。主要是批評他輕信謗訕，重用奸邪和信佛而養僧極多。

耶律洪基的祖先，在契丹與中國交往後，即信佛甚篤。天顯十一年（九三六年），遼太宗耶律德光借後唐叛將石敬瑭求援機會，立石敬瑭爲晉帝，並取得燕雲十六州。他在援兵石敬塘之後，自潞州回入幽州時，駕臨大悲閣，指著佛像說：「我夢神人，令送石郎爲中國帝，即此也。」於是在木葉山建廟，尊爲家神。起兵作戰，必先向佛祝告，然後傳令諸部。因此《遼史》記載耶律洪基一年供養飯食的僧眾有三十六萬之多；咸雍八年（一〇七二年）三月癸卯日，有關大臣奏告：春、泰、寧江三州三千餘人願爲僧尼，受具足戒。他立即批准，此即爲「一日而祝髮（削髮出家）三千」。僧尼太多，從事生產的勞動力便大爲減少，而供養他們衣食住的經濟負擔又很重，對國家、社會產生負面影響，所以《遼史》〈本紀〉要批評他。《遼史》又記載大康元年（一〇七五年）三月乙巳日「命皇太子寫佛書。」大安九年（一〇九三年）夏四月，興中府久旱後降雨，他即「遣使祠佛飯僧」。耶律洪基信佛極篤，由此可見。但《遼史》也記載他於請寧十年（一〇六四年）秋七月，「禁僧尼私詣行在（私自到皇帝行幸所至之地），妄述禍福取財物。」述禍福，又稱講因果，類似於分析、預測別人現在和未來的禍福，並賺取報酬。有的僧尼借此騙取財物，道宗有見於此，便加禁止。這是耶律洪基有分寸的表現。但供養僧尼太多，鼓勵和批准出家者太多，便過份了。

耶律洪基聽信讒言，令皇后自盡。《遼史》〈后妃傳〉記敘：

道宗宣懿皇后蕭氏，小字觀音，欽哀皇后弟樞密使惠之女。姿容冠絕，工詩，善談論。自制歌詞，尤善琵琶。重熙中，帝王燕趙，（道宗於重熙十二年即一〇四三年被進封為燕趙國王）納為妃。清寧初（道宗即位之初，一〇五五年），立為懿德皇后。

皇太叔重元妻，以艷冶自矜，後見之，戒曰：「為貴家婦，何必如此！」

後生太子濬，有專房寵。好音樂，伶官（樂官，在宮廷內有官職的樂師）趙惟一得侍左右。大康初（一〇九五年），宮婢單登、教坊（管理樂師的機構）朱頂鶴誣后與惟一私（私通），樞密使耶律乙辛以聞。詔乙辛與張孝傑劾狀，因而實之。族誅惟一，賜后自盡，歸其屍於其家。

這位宣懿皇后既美又會寫詩、善談論，善於演奏琵琶，是位才華出眾的傑出女性，她生的太子也有才能，又深得皇帝的寵愛，眞可以說是擁有一個完美的人生。竟因讒言被逼自殺，在得寵后妃中領受到少有的悲劇結局。

她去世後的次年，蕭坦思進宮立爲皇后，未生子，六年後（大康八年末，即一〇八三年初）降爲惠妃，不久因其母獲罪被誅而被貶爲庶人。因此，耶律洪基自大康八年後便沒有皇后。

耶律洪基與宣懿皇后所生的太子耶律濬，幼而能言，好學知書。洪基讚嘆：「此子聰慧，殆天授歟！」六歲時隨父皇出獵，連發三箭，全部命中，洪基非常得意，對左右隨從說：「朕祖宗以來，騎射絕人，威震天下。是兒雖幼，不墜其風。」八歲，立爲皇太子。大康元年（一〇七五），兼領北南樞密院事，始預朝政，法度修明。耶律乙辛當時勢震中外，貶斥忠良，忌恨太子，先誣罪皇后致死，又設計誣陷太子圖謀廢帝自立，道宗大怒，廢太子爲庶人。耶律乙辛又指派手下謀害太子並暗殺其妃。洪基后知太子之冤，悔恨無及。《遼史》評論說：「道宗知太子之賢，而不能辨乙辛之詐，竟絕父子之親，爲萬世惜。」《遼史》又批評耶律洪基執政後期「群邪並興，讒巧競進。賊及骨肉，皇基寖危。」

耶律洪基的糊塗事的確做了不少，削弱了遼國的政局之根基。有的論者因此而批評金庸在《天龍八部》中關於耶律洪基的描寫。閻大衛的批評非常嚴厲，他說：

寫小說時，並沒有必要拘泥於歷史的真實性，作者有相當大的自由發揮的餘地。譬如在歷史上，順治從沒有去五台山上出過家，他是出天花病死的，但若在小說中，像《鹿鼎記》那樣寫也沒什麼關係，何況，順治生前就十分崇信佛教，據記載他曾起過「行痴」這個法名的。

當然，這種自由度是有一定限度的，不能太過頭。如果，有人把唐太宗李世民寫得有些像劉備的兒子劉阿斗，或把有名的白痴皇帝晉惠帝寫得有點像乾隆皇帝，就有可能成為人們的笑料，因這四個皇帝都有較高的知名度。但如果有人按類似的方式寫人們不太熟悉的帝王，那又算作什麼呢？

在《天龍八部》中，用不少筆墨寫了一位遼國皇帝遼道宗耶律洪基。

從第二十六回耶律洪基出場後，他的表現是相當不錯的：在他被蕭峯和女真人俘虜後，表現得鎮靜和勇敢，和蕭峯結識後，敬重蕭峯是個英雄，竟以皇帝的高貴之身與之結為兄弟；面對叛亂，接到情報時，顯得很鎮靜；

在戰鬥時很勇敢；在結束這場叛亂後，善後處理，有理有節；作為一個皇帝，不忘南下，頗有雄心壯志；在處理蕭峯不願服從命令攻打宋國時，也表現了一定程度的精明。

雖然在處理和蕭峯的關係上，顯得相當虛偽，但是，當最高統治者，不虛偽的能有幾個呢？這個耶律洪基作為一個皇帝，在《天龍八部》中的表現還可以算作是上等吧！

事實上，據歷史記載，耶律洪基是另外一種類型的皇帝，是個糊塗皇帝。

耶律洪基是個做過不少糊塗事的皇帝，殺皇后、廢太子就是其中之一。被他殺的宣懿皇后的名字叫蕭觀音，應該是和蕭峯同族，是個文化素養很高的、賢慧的皇后。耶律洪基只有一個兒子，就是這位皇后生的。這位皇子被封為皇太子，並參與朝政，這就為當時妄圖獨攬遼國大權的權臣耶律乙辛所忌恨。

為了扳倒皇太子，就要先陷害皇后。於是耶律乙辛就安排了一個圈套，然後誣告皇后對皇帝不貞。這個圈套安排得並不十分高明，稍一調查就可能把事情弄清楚，這個皇帝卻命令耶律乙辛來處理此事，並按其報告將皇后糊里糊塗地「賜死」。接著又聽信讒言，沒有什麼道理，把皇太子廢為庶人。這位權臣派人去將廢為庶人的皇太子暗殺，告訴耶律洪基說皇子病死，這個糊塗蛋也就相信了。於是這個權臣就大權獨攬了。

耶律洪基只有這一個兒子，他死了以後是傳位給他的孫子的，即這個被暗殺的皇子的兒子。在這個糊塗皇帝手中，遼國越來越弱，在他孫子手中，遼國就滅亡了。

上面這個故事有點枯燥，和中國古代眾多的糊塗的或不太糊塗的皇帝行事比起來，也算不了什麼。不過下面這件事就比較有點意思了。如果沒有下面這段故事，在本書中也就不會提到耶律洪基是否糊塗的問題了。

耶律洪基是很喜愛擲骰子的，他曾用擲骰子來決定重大事情。有關這樣的故事有兩種說法，其中第一種說法似流傳得稍廣一些，是他用擲骰子來決定誰是狀元。

遼道宗大安六年（公元一〇九〇年），遼國的科學考試進入了殿試階段，即由皇帝親自主持考試，以決定最後名次的階段。

考試之日，耶律洪基進殿後，正式宣告這次殿試不再考詩賦文章，而要用一種新的方法決出高低。什麼方法呢？耶律洪基命令數人一組，分組擲骰子，誰擲的點數最高，誰就是小組第一。然後，各小組第一再在一起比賽擲骰子，如此下去，最後誰在擲骰子上戰勝了所有的對手，誰就是當年的狀元。雖然眾官員一致反對，但皇帝堅持，於是就這樣進行了殿試。

這次殿試中，一位名叫李儼字若思的北京人技壓群英，奪得了狀元。耶律洪基看了獲勝者所擲出來的花色、點數及搭配後，十分高興，認為具有極好的兆頭。他不但立刻封了李若思一個官，而且賜他「國姓」。李若思就也姓耶律了，從此李儼就以耶律儼的名字出現在遼史中了。

另一種說法是耶律洪基用擲骰子來決定任命誰為大臣。每日處理許多政事讓耶律洪基感到厭倦，但是，一些重要的職務由誰來擔任，必須由皇帝自己親自作決定。他「用人不自擇，令擲骰子以採勝者官之」，也就是說，他用擲骰子來決定人選。在眾多可能擔任重臣的人們中，以耶律儼擲出的點數和花色搭配最好，耶律洪基最滿意，認為有當宰相的兆頭，於是任命他管樞密院。樞密院是遼代掌管軍事機密的重要機構。這後一說法似乎沒有第一種說法熱鬧，但卻在正史《遼史》上有記載，有興趣的讀者可查閱該書的卷九十八耶律儼的列傳。

不管上面哪一說法更接近真實，都可看出耶律洪基是糊塗得夠可以了。

在《鹿鼎記》中的韋小寶好賭，曾多次在重要關頭拿出骰子來，要以擲骰子定勝負，甚至決生死，或決定哪一個夫人陪他睡覺等等。但仔細看來，韋小寶沒有一次是認真的，都是要作弊的（只是不知道在擲骰子定誰陪床時，是不是也有作弊）。這位耶律洪基皇帝卻是非常認真的用擲骰子來取狀元或決定誰擔任他的主要大臣，而且作為極為嚴肅。韋小寶與之相比，真可以說是小巫見大巫了。

不過耶律洪基也有一點不如韋小寶的，他是只看別人擲，自己並不親自動手。如是韋小寶，很可能是讓這些舉子們一個個來和他本人擲，誰擲的最高明，誰就是狀元或誰當宰相。看別人擲，自己不動手，多不過癮啊！

以金庸對中國歷史文化的造詣和博學多才，他在選耶律洪基作為他的小說中的歷史人物角色之一時，他是不會不知道這個有趣的故事的。不知道為什麼要把這樣一個有趣的皇帝寫成有些道貌岸然，是不是有些太殺風景了。

閻大衛的專職是半導體物理領域的科學研究，他於一九六〇年畢業於北京大學，一九八四年獲英國HULL大學物理學博士學位，現任吉林大學電子工程教授。他對中國文史有濃厚的興趣，尤喜讀金庸的武俠小說。他不滿於港台金學家（也包括近年大陸的評論家）「過高」評論金庸小說，甚至「捧到高得嚇人程度」的狀況，特地撰寫了一本二十萬字的《班門弄斧——給金庸小說挑點毛病》一書（深圳：海天出版社，一九九八年三月第一版），給金庸以頗高的評價之同時，對其六部長篇小說亦給以全面的批評，包括「有關歷史和民俗方面的問題。金庸被譽爲在文史和民俗方面有甚深的造詣，但在他的小說中也有不少在這方面不夠準確，甚至是出錯的現象。」（〈序〉，頁三）上引之文，即此書第四章〈讀《天龍八部》之九〉「歷史上用擲骰子來取狀元的皇帝」。此書的確指出了金庸原作中的一些疏忽、疏漏之處和情節上的漏洞。如段譽和段正淳女兒的年齡之誤。我認爲金庸小說有些情節和人物形象的描寫也可以見仁見智地作些商榷。但此書徹底否定港台和大陸評論家對金庸小說的高度評價，並挖苦他們的觀點是「諛美之辭，爲『老頑童』式的高級昏話」（〈編者的話〉所引），書中對金庸和金評家多次嘲笑和譏諷，則過份了。實際上，不僅是金庸小說，眾多世界一流名著都有失誤。如《紅樓夢》在人物年齡的記敘方面也有誤。莎士比亞和高爾基的名著在情節構思方面也有重大失誤，筆者有〈西方名著中的失誤及其接受效應〉論文（刊華中師範大學《外國文學研究》一九九二年第二期，中國人民大學《外國文學研究》一九九二年第七期轉載）以《奧瑟羅》和《母親》及《艾凡赫》（司各特著，又譯《撒克遜劫後英雄略》）、《琵琶記》等爲例，指出和分析名著中情節和人物描寫中的重大失誤，以及如何正確看待名著中的失誤。我們不能因發現有失誤而否定以上名著總體上的偉大藝術成就和其在世界文學史上的崇高地位。（《母親》雖是名著卻不是高爾基在藝術上的上乘之作，另當別論。）閻大衛此書的不少觀點很有偏頗之處，他對金庸小說的批評也頗有值得商榷之處，他本人的論述也有失誤之處。以上引閻著此節來說，便頗有失誤和值得商榷之處。

如開首的論點不錯，但所引之例：「譬如在歷史上，順治從沒有去五台山上出過家，他是出天花病死的……」即有問題。順治去世時，盛傳董鄂妃死後，順治曾為她在五台山大建道場祭奠，順治為此削髮為僧。清初大詩人吳偉業（梅村）為此特撰〈清涼山贊佛詩四首〉。清涼山，即山西五台山的別稱。阼湖遺老又作〈清宮詞〉，並自注：「吳梅村〈清涼山贊佛詩〉，相傳為詠世祖端敬皇后董鄂妃事。」吳詩之四：「乘時方救物，生民難其已。淡泊心無為，怡神在玉几。長以兢業心，了彼清淨理。」前二句說順治順應時勢，救萬民萬物於水火，脫離劫難。後四句說順治皈依佛門，清淨無為，以淡泊為志。末句意謂了悟佛家遠離罪惡和煩惱之至理。吳梅村和當時文人學者多持相信順治出家的態度。（說詳筆者《江左三大家和神韻派選注》，《古代十大詩歌流派》第四冊頁二一七九—二一一八六，湖南文藝出版社，一九九七年版）。而這個傳說乃「無風不起浪」，所以吳梅村和眾多清人以及金庸小說皆將其引入自己的創作之中。

至於此節所說「用擲骰子來取狀元」一事，閻大衛也自知於史無徵，純屬故事；而所引《遼史》卷九十八〈耶律儼列傳〉卻有斷意取義之嫌。此傳固然記載：「帝晚年倦勤，用人不能自擇，令各擲骰子，以采勝者官之。儼嘗得勝采，上曰：『上相之徵也！』遷知樞密院事，賜經邦佐運功臣，封越國公。修《皇朝實彔》七十卷。」道宗任官方式雖荒唐，但重用耶律儼是正確的，並未用錯人，並不糊塗。耶律儼儀觀秀整，好學，有詩名。中進士（而非狀元）後，為官以勤敏為人稱道，後兩府奏事，評論群臣優劣，只稱頌耶律儼一人「才俊」。他於大安初年任景州刺史，「繩胥徒，禁豪猾，撫老恤貧，未數月，善政流播，郡人刻石頌德。」他歷任要職，「刮剔垢弊」、「素廉潔，一芥不取於人」，又「經籍一覽成誦。」可見是才德兼備、受民愛戴、朝野聞名的好官。閻氏以此為例，一筆抹煞耶律洪基，本乃以偏蓋全，更進而據此批評金庸「不知道為什麼要把這樣一個有趣的皇帝寫成有些道貌岸然，是不是有些太殺風景了」，就更值得商榷了。

閻大衛先生既然研讀過《遼史》然後來批評金庸，閻先生當然應看到《遼史》評論耶律洪基的性格：「帝性沉靜、嚴毅。」這便是《天龍八部》把他「寫成有些道貌岸然」的根據之一。又，《遼史》記敘的大量事實，說明洪基爲人仁慈，這便是金庸將他「寫成有些道貌岸然」的根據之二。《遼史》〈本紀〉敘大康二年「八月庚寅，獵，遇麛（小鹿）失其母，憫之，不射。」對動物如此，對人呢？自他執政至壽隆（又稱壽昌）元年（一〇九五年），約有二十六次記載他賑民免租恤災的善行。咸雍三年（一〇六七年）六月，「有司奏新城縣民楊從謀反，僞署官吏。上曰：『小人無知，此兒戲爾。』獨流其首惡，余釋之。」對爲首者也並不殺頭，只是流放，對從者全部不追究，寬大爲懷。又曾命令「諸掌內藏庫官盜兩貫以上者，許奴婢告。」發動奴婢告貪官。這樣的皇帝，在歷史上也並不多見。

此外道宗「召權翰林學士趙孝嚴、知制誥王師儒等講《五經》大義。」認眞聽講儒家經典。又對接自己班的皇太孫出示太祖、太宗所用的鎧甲兵器，諭以創業征伐之難。

其統治期間，經濟生產頗爲成功，「牧馬蕃息多至百萬」。終其一生，未向北宋發動戰爭。即使西夏「爲宋侵，遣使乞援」（大安八年即一〇九二年六月），「夏國爲宋所攻，遣使求援」（壽隆四年即一〇九八年六月），他也並未因此而發兵攻宋。

可見《天龍八部》並未將耶律洪基描寫成與歷史原型相反的人物，並未如閻大衛先生所譏諷的，「類似」於「把唐太宗李世民寫得有些像劉備的兒子劉阿斗，或者把有名的白痴皇帝晉惠帝寫得有點像乾隆皇帝，就有可能成爲人們的笑料。」

綜觀閻大衛《班門弄斧》全書，觀點偏頗、用語尖銳（對金庸和金學家都如此）之處不少，頗爲可議。對金庸原作的評論，原可見仁見智，不必拘泥於自己的一得之見，全盤否定別人的看法。何況他本人此書也頗有失誤，他雖讀過《遼史》，對耶律洪基竟僅知其一而不知其二，反而嘲諷金庸，很不應該。更且他不大懂文藝理論，所以書中外行話不少。正是旁觀者清，當局者迷啊！

《天龍八部》描寫蕭峯幫助洪基平息皇太叔父子的叛亂，當然是藝術虛構。

但皇太叔父子的叛亂，則有史實根據，金庸高明地將此事與蕭峯的命運描寫結合起來，達到虛實相生的藝術效果。

關於耶律洪基的皇太叔重元之子涅魯古謀反之事，《遼史》〈逆臣傳〉記載甚簡明。重元是聖宗次子，才勇絕人，眉目秀朗，寡言笑，人望而畏。聖宗駕崩時，欽哀皇后稱制（代行皇帝職權），密謀立重元，重元告訴其兄即興宗，興宗更加看重他，封爲皇太弟，又委以重任。道宗耶律洪基於清寧九年（一〇六三年）到灤水打獵，重元的兒子涅魯古與同黨陳國王陳六、知北院樞密事蕭胡覩等共四百餘人，誘脅弩手於皇帝帷宮外列陣。將戰，黨羽多悔過效順，各自奔潰。重元聞知大事不成，逃到北京大漠，哀嘆：「涅魯古使我至此！」於是自殺。重元舉兵之前，帳前下的雨水赤紅如血，人們認爲這是他敗亡之預兆。涅魯古，生性陰狠。興宗一見他即說：「此子目有反相。」但仍於重熙十一年（一〇四二年）封他爲安定郡王。大約希望他安安定定，不要謀反吧。十七年（一〇四八年）又進封他爲楚王。道宗清寧三年（一〇五七年）派他爲武定君節度使，七年（一〇六一年）知南院樞密使事，就在此後，他說服重元假稱有病，等皇帝來看視慰問時，準備刺殺他。九年（一〇六三年）秋獵時，耶律洪基用耶律良之計，派遣使者急召涅魯古。涅魯古以爲事情洩露，立即擁兵進犯皇帝的行宮。南院樞密使許王、仁先等率領衛士征討。涅魯古躍馬突出，被近侍詳穩渤海阿廝、護衛蘇射殺。

起初，耶律良聞說重元、涅魯古父子謀亂，因爲道宗篤於親情，不敢遽然奏告，即向皇太后密報。太后假託有病，召道宗來，告知此事。道宗懷疑此事的眞實性，太后敦勸：「此社稷大事，宜早爲計。」道宗才警戒嚴密起來。道宗又召見耶律良說：「你想離間我們骨肉嗎？」耶律良奏答：「臣若妄言，甘伏斧鑕。陛下不早備，恐墮賊計。如召涅魯古不來，可卜其事。」道宗聽從他，派使者去涅魯古處。涅魯古想殺害使者，將他羈在帳下，使者以佩刀斷帟（割斷帳幕）而出，馳馬至行宮報告皇上，皇上才確信他們要謀反。作戰時，皇太后親自督戰（這位皇太后於大康二年，即一〇七六年逝世，謚仁懿皇后）。

金庸在《天龍八部》中出於塑造蕭峯這位英雄形象的需要，將發生於一〇六三年的皇太叔重元和涅魯古父子的謀反事件，挪到近三十年之後的一〇九二年左右。當時皇太后尚在世，道宗與宣懿皇后的夫婦感情很好。小說中關於洪基和皇太后、皇后及皇太叔父子之間的人物關係之描寫，是基本符合史實的。

《天龍八部》描寫遼國這件平定叛亂事件，撇開原來的史實，作了很大程度的改寫和虛構。首先，將耶律洪基已得密報，主動引蛇出同，然後發兵翦滅叛亂的皇太叔父子，改爲遼帝事先毫無察覺，事出倉卒，被叛軍圍困，差一點只能認輸自盡。第二，皇太后本與遼帝在一起，事發後她親自督戰，小說改寫成她與皇后皆被皇太叔父子擒住當人質而無所作爲。第三，將諸大臣平叛的功勞全部奉送給蕭峯一人，虛構蕭峯在萬敵叢中擒殺敵酋的情節，以突出他的智勇雙全、武功卓特，爲刻劃蕭峯的英雄氣概服務。第四，皇太叔本已逃到北方大漠，然後自殺；小說則改寫爲被蕭峯擒住，被迫令叛軍投降，並因蕭峯的建議而得赦。這樣的描寫，寫出平叛戰爭的驚心動魄，有力地爲蕭峯這個藝術形象的刻劃服務，取得藝術上的很大成功。

《天龍八部》描寫蕭峯與耶律洪基的友誼，可分爲三個階段。每一個階段，實即一件大事，故而兩人的友誼實以三件大事爲始終。

第一件事，阿骨打率十餘名族人外出打獵，邀蕭峯同去。獵熊時，撞見七八十個契丹人，阿骨打等轉身即逃，契丹人大叫：「女眞蠻子，放箭！放箭！」依仗人多馬壯，要消滅阿骨打及其部屬。女眞人死亡過半，餘者也難逃被殺的噩運，蕭峯出手相救，擒賊擒王，抓住爲首那個穿紅袍者，又挾天子而令諸侯，逼迫契丹人宰馬退兵。蕭峯將穿紅袍人押回女眞營盤，後又單騎將他放回。他還將自己手中的長矛、弓箭送給對方，因爲對手雖敗而被擒，仍保持不屈氣概，所以主動認他爲友，放虎歸山：「蕭某生平敬重的是英雄，愛惜的是好漢。你武功雖不如我，卻是大大的英雄好漢，蕭某交了你這個朋友！你回自族去罷！」紅袍人得以生還，喜出望外，立即跪拜感謝饒命之恩，蕭峯跪下還禮，說道：「蕭某不殺朋友，也不敢受朋友跪拜。」紅袍人既感激又感動，與蕭峯結義爲兄弟。兩人互報年庚，蕭峯三十一歲，爲弟；紅袍人四十四歲，爲兄。

耶律洪基如四十四歲，應是公元一〇七四年，因爲他逝於一一〇〇年，爲七十歲。如果此事發生於一〇九一年，他已六十一歲。小說出於描繪人物形象的需要，作了變動。

臨別前，蕭峯告訴紅袍人自己也是契丹人。

第二件事，過了約一年，蕭峯陪阿紫徜徉於千里草原，又遇契丹人圍獵，與紅袍人義兄重逢，得知他即遼國皇帝耶律洪基。洪基隆重設宴款待蕭峯、阿紫，還要封蕭峯一個大大的官爵。正在這時，號角聲傳來上京作亂的警報。洪基回師討伐，叛軍勢眾，將遼帝親軍團團包圍。洪基見大勢已去，只好自殺，蕭峯勸阻，並單騎衝入敵陣，射死叛首楚王；又冒險殺入，生擒楚王之父皇太叔，迫令叛軍投降。洪基反敗為勝，大喜之餘，封蕭峯為楚王，官居南院大王。兩人既是結義兄弟，又兼君臣關係。

第三件事，大宋太皇太后高氏病逝，哲宗趙煦親政，他貶忠良、用小人，政局開始不穩，耶律洪基乘機發兵南下滅宋。他封蕭峯為平南大元帥，命他統率三軍，直驅汴梁。蕭峯不贊成遼宋殘殺，準備出逃，被洪基用計擒獲監禁。段譽、虛竹等救出蕭峯，又擒住遼帝洪基。蕭峯逼迫洪基退兵並保證永不侵犯宋朝疆土。洪基被迫同意蕭峯的要求，蕭峯恭送洪基回陣。

耶律洪基心想為蕭峯這廝所脅，許下如此重大諾言，方得脫難，丟盡了顏面，大損了國威。他怒極而冷笑，對蕭峯說：「蕭大王，你為大宋立下如此大功，高官厚祿，指日可待。」語帶譏刺，兩人友誼至此顯然已徹底破裂。

蕭峯聞言回答「蕭峯是契丹人，今日威迫陛下，成為契丹的大罪人，此後有何面目立於天地之間？」立即自殺。死前此言，稱洪基為「陛下」，顯然已不以義弟自居，雙方只有君、民關係。

洪基見蕭峯自盡，雖然心下一片茫然，無法弄清蕭峯對遼功過和自殺之因，卻終於明白「他和我結義為兄弟，始終對我忠心耿耿」。

因此蕭峯和耶律洪基的友誼終於保持到最後，只是遼帝這位特殊朋友對蕭峯的心情複雜難言。

慕容父子和游坦之、康敏諸敵

慕容博既想承祖先遺志，興復大燕，又感到慕容氏人丁單薄，勢力微弱，重建邦國，前途渺茫。於是他揑造音訊，撥弄是非，說道契丹武士要大舉來少林寺奪取武學典籍，要使宋遼生釁，大戰一場，造成天下大亂，征戰連年，自己可混水摸魚，坐收漁翁之利。他想重演當年西晉（《天龍八部》誤作「東晉」）八王之亂，司馬氏自相殘殺，五胡乘機割據中原之地的歷史，自己藉機建豎燕國之旗號，實現復國之夢想。

此舉僅使蕭遠山家破人亡，並無政治、軍事上的實際效果。他又假裝死亡，瞞過家屬和故友、下屬，孤身潛伏於少林寺中，偷學武功。又趁玄悲大師前赴大理，殺人滅口，想挑起大理段氏和少林派的紛爭。

少室山上，蕭峯、虛竹、段譽，分別與丁春秋、游坦之、慕容復惡鬥，慕容復被段譽用無形劍氣擊敗，又被蕭峯抓起丟在地上，羞愧難當，正要自殺，被灰衣僧救出。此即慕容博，他未露身分，批評他：「古來成大功業者，哪一個不歷盡千辛萬苦？漢高祖有白登求和之困，唐高祖有降順突厥之辱，倘若都似你這麼引劍一割，只不過是個心窄氣狹的自了漢罷了，還談得上什麼開國建基？你連勾踐、韓信也不如，當眞是無知無識之極。」訓得慕容復悚然驚懼，幡然醒悟。又賣弄慕容家的「參合指」的威力，又自稱自己這一手不過一知半解，學到一些皮毛而已。群雄本見慕容博一敗於段譽，再敗於蕭峯，皆視慕容家的功夫爲浪得虛名，慕容博略施一技，即使群雄重生敬意。

玄慈大師被蕭遠山逼迫而承認虛竹是自己的私生子後，向蕭遠山爲雁門關一役致歉，又當場揭出在場的慕容博是假傳音訊的禍首，玄慈批評他：「當日你假傳音訊，以致釀成種種大錯，你可也曾有絲毫內疚於心嗎？」蕭氏父子找他報仇，他見己方有三，可以眾勝寡，卻又與遠山「做一樁買賣」，自己甘願讓蕭氏所殺，讓其報仇，但需蕭峯返遼，揮軍南下，慕容氏舉旗復燕，聯合吐蕃、西夏、大理，瓜分大宋江山。遠山爲之心動，蕭峯立誓要報母仇，更反對爲一己私利而殺人取地，建立功業。

慕容博老謀勝算，又能言善辯。復燕陰謀，難得人心，他教訓兒子時卻能講得堂堂正正，非而似是，令慕容復極度欽信。玄慈大師與他是多年知交，素來敬重他爲人，他卻傳他假訊，騙他鑄成大錯，一生內疚。玄慈派玄悲到江南姑蘇向他詢問此事，玄悲在慕容府中見到一些蛛絲馬跡，猜到了他的造反意圖，他隱忍多年，直到玄悲身在大理，才殺人滅口。蕭氏父子尋他報仇，雖說是爲了興復燕國而做交易，一小半也爲了練功不當，身患無名惡疾，難以忍耐痛苦，求死以求解脫。綜觀以上諸事，慕容博的陰險毒辣，書中稱最。他妄圖用宋遼無數百姓的鮮血，來衝開自己復國陰謀的血路，這個計畫遭到蕭峯的迎頭痛擊，又被老僧頭頂一擊，無恥夢想打得粉碎。

有其父必有其子。慕容復從小受慕容博的薰陶，也一直做著復燕做皇帝的美夢。但是一代不如一代，慕容復的陰險毒辣超過乃父，可是胸襟更狹窄，眼光更短淺，武功也退步，因此步步失敗，處處出醜。

江湖上一直流傳著「北喬峯，南慕容」的名言，姑蘇慕容與喬峯一樣受人仰慕，包括喬峯和段譽，他倆初識時，喬峯錯以爲段譽是「姑蘇慕容，果然名不虛傳」。喬峯到江南調查馬副幫主死因後，還一再爲慕容復聲辯。少室山上兩人初逢，蕭峯受數千人包圍，慕容氏手下諸人受過蕭峯恩惠，眼見他的光明磊落和高超武功，對他十分佩服甚至極爲傾倒，又感於段譽和大理眾士俠義相助的豪情，也躍躍欲試的要上前助拳，相幫蕭峯。慕容復卻阻止道：「眾位兄長，咱們以興復爲第一要務，豈可爲了蕭峯一人而得罪天下英雄？」不寧唯是，他還要故意與蕭峯爲敵，帶頭向蕭峯挑戰，妄圖收攬人心，以爲己助。慕容復突然間長嘯而出，還要大聲說：「蕭兄，你是契丹英雄，視我中原豪傑有如無物，區區姑蘇慕容復今日想領教閣下高招。在下死在蕭兄掌上，也算是爲中原豪傑盡了一分微力，雖死猶榮。」他這幾句話故意講得響亮，其實是說給中原豪傑聽的，這麼一來，不論勝敗，中原豪傑自將姑蘇慕容視作了生死之交。慕容復出頭挑戰和這番宣言，正中眾人下懷。因爲群雄雖有一拼之心，卻誰也不敢首先上前挑戰。人人均知，雖然戰到後來終於必能將他擊斃，但頭上數十人卻非死不可，這時忽見慕容復上場，不由得大是欣慰，精神爲之一振。「北喬峯，南慕容」二人向來齊名，慕容復搶先出手，就算最後不敵，也已大殺對方凶焰，耗去他不少內力。霎時間喝采之聲，響徹四野，大張了眾人的氣焰。慕容復的這個惡劣表現，作用很壞很大。見慕容復上場，丁春秋、游坦之也乘機圍攻。幸得虛竹仗義上陣，與丁春秋捉對兒廝殺，拼掉一個強敵。蕭峯與慕容復、游坦之角鬥，慕容復面子上似乎全力奮擊，勇不顧身，暗中卻留下幾分內力，讓游坦之消受蕭峯的大半威力；蕭峯連使巧勁，誘使游坦之上當，游坦之經驗極淺，幾次險些著了道兒，全仗慕容復從旁照料，及時化解。慕容復的作用非常惡劣。幸虧段譽上場，否則蕭峯必敗。

段慕之戰，慕容占上風時極度張狂，竟要段譽叫他一百聲「親爺爺」。待段譽使出六脈神劍，慕容復被逼得窘迫已極，狼狽萬分，到最後醜態畢露，臉如死灰，王語嫣驚叫：「段公子，手下留情！」段譽聞言罷手相饒，他竟連下殺手，要致段死命。蕭峯大怒，厲聲喝道：「人家饒你性命，你反下毒手，算什麼英雄好漢？」一把將他提在半空，手臂一振，將他擲了出去，砰的一聲，背脊著地，只摔得他狼狽不堪。蕭峯冷笑道：「蕭某大好男兒，竟和你這種人齊名！」這句話，勝過罵，勝過殺，勝過剮，眞正是「一句頂一萬句」！慕容復的品質、風度皆無，原形畢露；武功遠不及蕭峯、段譽，醜態畢露，他臉如死灰無地自容，只好當場自殺。幸得其父出手相救，此命才得苟延。

慕容復爲實現復國當皇帝之美夢，不顧表妹王語嫣的情誼，一再欲置段譽死地，想爭當西夏駙馬，借西夏之國力；又厚顏無恥地懇請段延慶收自己爲義子，覬覦大理國的皇位，他的忠誠部下包不同認爲此舉「不忠、不孝、不仁、不義，不免於心有愧，爲舉世所不齒」，他老羞成怒，竟當場擊斃包氏，他的卑鄙行徑，激怒了全體部屬，他終於落得眾叛親離，最後以發瘋告終。

蕭峯的另一個下三濫的敵手是游坦之。游坦之的伯父游驥、生父游駒，人稱游氏雙雄，是聚賢莊上的主人。他倆在聚賢莊上設英雄大會，商議對付喬峯，喬峯帶看阿朱獨闖英雄宴，一場搏殺，喬峯力殺數十人，游氏雙雄也戰敗自殺，純屬咎由自取。游坦之目睹此戰，卻不分是非，蓄意報復，竟故意讓遼兵「打草穀」時擒到遼國，要找喬峯報仇。報仇未成，便要自殺，蕭峯揮鞭奪刀，向他說明「當日我在貴莊受中原群雄圍攻，被迫應戰，事出無奈。」游坦之當年也目睹此景，他與游氏雙雄一樣，見短識淺，不能辨別是非，蕭峯救他放他，他仍毒罵：「你這該死的遼狗，忒也狠毒！」阿紫目睹此景，將他擒來，萬般捉弄虐待，游坦之迷戀阿紫的清秀美麗，竟坦然受之，並因此而練成驚世武功。又在全冠清的陰謀策劃下，當上丐幫幫主，改名莊聚賢，橫行江湖，還不知足，在全冠清的策功下，在少林寺前天下英雄大會上，要和少林派爭奪武林盟主。

少室山大戰，因阿紫的挑逗，以游坦之與丁春秋的角鬥拉開序幕。第一回合，游坦之突然現身，使丁老怪一驚之下，不由得退了一步，游坦之先聲奪人。第二回合，丁老怪毒死門人擲出，游坦之如法炮製，以毒攻毒，也毒死屬下，連擲九人，陰毒的心思和武功使幫眾齒冷。第三回合，游坦之依然獲勝，卻怕阿紫被丁老怪殺害，竟當場跪拜丁老怪爲師，又受丁老怪之命向少林方丈玄慈挑戰要致其死命。他第一回合即大敗玄慈，因蕭峯突然出場而未能續鬥。

金庸評論游坦之其人：他幼年時好嬉不學，本質雖不純良，終究是個質樸少年。他父親死後，浪跡江湖，大受欺壓屈辱，從無一個聰明正直之士好好對他教誨指點，近年來和阿紫日夕相處，所謂近朱者赤，近墨者黑，何況他一心一意的崇敬阿紫，一脈相承，是非善惡之際的分別，學到的都是星宿派那一套。星宿派武功沒一件不是以陰狠毒辣取勝，再加上全冠清用心深刻，助他奪到丐幫幫主之位，教他所使的也盡是傷人不留餘地的手段，日積月累的侵潤下來，竟將一個中土俠士名門的弟子，變成了善惡不分的暴漢。

游坦之首先是其父游駒見短識淺的遺傳因子的作用，根器遲鈍；又被阿紫擒住後，受她的影響，猶如丁春秋的再傳弟子。阿紫自幼在星宿派生存，她雖沾染一身邪氣，但她僅落得刁鑽古怪，頑劣無比，有時的確狠毒，卻因她天眞未泯，玲瓏剔透，在就事論事場合，很能明辨厲害是非，尤其是決心一生跟定蕭峯，全心相愛，識見非凡。游坦之蠢笨呆拙，一直被人利用，充當工具，可說一無是處。慕容復借勢欺人，首先向蕭峯挑戰，丁春秋繼之，游坦之跟上，竟不自量力地宣戰：「殺父之仇，不共戴天。姓蕭的，咱們今日便來做個了斷。」結果被蕭峯將雙腿打斷。

阿紫被丁春秋毒瞎雙眼，游坦之竟把自己的眼睛獻出，請虛竹換給阿紫。最後，阿紫抱著蕭峯的遺體，摔下深谷，游坦之也衝過去，摔下深谷，同歸於盡。

游坦之行爲卑劣，雖一心想當蕭峯的敵手，品格武功皆不夠格；他甘心受虐，雖想當阿紫的情人，蠢笨不智，情思不細，也不夠格。他一生受苦，又飽受愚弄，是一個徹頭徹尾的悲劇人物。

馬副幫主的夫人康敏是使喬峯跌入噩運的關鍵人物。

誠如台灣一位評論家所言：「《天龍八部》是金庸小說中氣魄最大的一部，喬峯是《天龍八部》中氣魄最大的一個英雄人物，而最能表現他的氣魄的一場，是他在杏子林中臨危不亂，以絕頂機智及蓋世武功，把幫眾叛變消滅於無形那一場，但在叛變圖謀消滅之後，喬峯還是避不過被逼下台的命運，而逼他下台的人，竟是一個嬌怯怯的女子：丐幫長老馬大元的遺孀馬夫人。」（〈金庸筆下的男女〉）

康敏原是段正淳的戀人之一，她深愛段正淳，但段正淳既有正式妻室，又有多個情人，終被段正淳所拋棄。與段正淳的其他戀人不同，她並不從一而終，也未與段正淳生兒育女，於是她下嫁丐幫副幫主馬大元，湊合過活。她與馬大元本無什麼感情，所以後來爲施展陰謀，便殺了他。

康敏的性格是忌妒成性，陰狠毒辣。她自稱：「我的脾氣，從小就是這樣，要是有一件物事我日思夜想，得不到手，偏偏旁人運氣好得到了，那麼我說什麼也得毀了這件物事。小時候使的是笨法子，年紀慢慢大起來，人也聰明了些，就使些巧妙點的法子啦。」

她小時家裡貧窮，靠父親放羊、養雞爲生。七歲那年，因狼在雪夜吃掉她家的雞，拖走了羊，沒有日思夜盼的新衣穿，她竟不顧受傷的父親的生命危險，逼他去追趕餓狼，奪回羊兒。年三十夜，她見隔壁江家姐姐有新衣褲，竟偷回來，剪爛了，還感到比自己有新衣服穿還痛快。因此，她感到自己無法獨享段正淳的溫情，便用美色迷惑段正淳，設計謀害他性命，臨殺他之前還咬下幾口肉，將咬下的肉吐在地下時還媚聲說：「打是情，罵是愛，我愛得你要命，這才咬你。段郎，是你自己說的，你若變心，就讓我把你身上的肉兒，一口口的咬下來。」

在洛陽城裡的百花會中，因喬峯不像別人一樣欣賞她的美色，一千多個男人，只有喬峯沒有瞧她一眼，便懷恨在心，叫馬大元揭他的「瘡疤」，大元不肯，她在大元的鐵箱中發現了汪幫主的遺書，便要大元當眾揭露，遭到大元疾言厲色的訓斥。

康敏不擇手段，用女色勾引白世鏡，命他殺了大元；又用女色勾引全冠清，命全冠清策劃謀反，奪了喬峯幫主的權。康敏還親自出場，裝作嬌怯怯地爲丈夫伸冤的純情寡婦，揭發喬峯謀殺她「親夫」的「陰謀」。

喬峯這位蓋世英雄，行事大膽而又謹慎，處世十分得體，故而在大江大海、大風大浪中從未失手，竟在康敏這種沒有武藝，沒有勢力，只有姿色的小婦人的手中竟倒了大楣，猶如在溝壑泥塘中翻船落水。人生無常，一至於斯，眞令人要發一浩嘆！

康敏害死馬大元、阿朱等人，又毀了白世鏡等人；此女輕如鴻毛，但一髮牽動全身，毀掉了整個丐幫的前程、喬峯的前程，危害之烈，令人怵目驚心。最後她竟被阿紫零刀碎割，破了容顏，又在阿紫的故意提示下，又故意給她照鏡顧影，被自己的醜陋面目氣嚇而死。罪有應得。阿紫爲自己的生父和親姐報了大仇，出了惡氣。正是惡人自有惡人磨，惡人自有惡報。

蕭峯的勁敵，在幫內尚有貪戀女色、善耍陰謀的全冠清和一些參與謀反的陳長老、徐長老等人；在江湖上有星宿老怪丁春秋，因阿紫偷了他的神木王鼎，丁春秋要嚴懲她，而蕭峯要保護她，兩人便成仇敵。

由於蕭峯身世命運的複雜性，段正淳、玄慈和智光大師、汪幫主等都曾是他的仇敵，蕭遠山曾問他：「孩兒，你說此仇該不該報？」蕭峯道：「父母之仇，不共戴天，焉能不報？」而單正、二游及中原群雄，誤信傳言，在聚賢莊圍攻喬峯，亟欲置喬峯於死地，逼使喬峯連施殺手，這樣的仇敵，蕭峯雖感歉意，彼等無察人之明，死責理因自負。中原群雄不僅在聚賢莊差點讓蕭峯死於非命，而且在少室山也凶多吉少，難以生還，待他們明白蕭峯的爲人，已經晚了。

喬峯的人生哲學

處事篇

仁義公允，威信極高的丐幫幫主

喬峯是丐幫幫主。丐幫至喬峯時已開幫數百年。丐幫雖人多勢眾、武功高強，但該幫在江湖上受人尊崇則並非賴此，而乃是行俠仗義、主持公道之故。

八年前上代汪幫主試了喬峯三大難題，命他爲本幫立七大功勞，這才以打狗棒相授，將幫主之位傳於喬峯。那一年泰山大會，丐幫受人圍攻，處境十分凶險，全仗喬幫主連創九名強敵，丐幫這才轉危爲安。

喬峯執丐幫八年來，經過了許多大風大浪，內解紛爭，外抗強敵，他始終竭力以赴，不存半點私心，將丐幫整頓得好生興旺，江湖上威名赫赫。這八年來丐幫聲譽日隆，丐幫上下人人均知是喬幫主主持之功。

喬峯作爲幫主，待人仁義，處事公允。

因此，喬峯在幫內威信極高。即使因他在杏子林中被人揭出契丹血統的眞相，出於「非我族類，其心必異」的民族偏見，密謀倒喬的叛眾人數居多的情形下，喬峯在眾人面前一站，凜然生威，竟是誰也不敢搶出動手，以致良機坐失，一個個的束手就縛，其中二人還認罪自殺。執法長老白世鏡在幫眾面前怒斥反叛者時，評價喬峯說：「喬幫主爲人處事，光明磊落，他從前既沒做過歹事，將來更加不會做。……」此乃幫中公論。後來喬峯當場辭去幫主之職，眾人群相愕然之際，跟著便有人大呼起來：「幫主別走！」、「丐幫全仗你主持大局！」、「幫主快回來！」

三、四年之後，當喬峯爲救阿紫，率燕雲十八騎衝上少室山時，丐幫幫眾之中，大群人猛地裡高聲呼叫：「喬幫主，喬幫主！」數百名幫眾從人叢中疾奔出來，在喬峯馬前躬身參見。不少人還情意綿綿地說：「……你老人家好，自別之後，咱們無日不……不想念你老人家。」

喬峯離開丐幫多年，幫眾依舊對他敬畏有加。因爲喬峯當幫主時，不僅仁義公允，而且武藝高強，智勇雙全，帶領丐幫走向興旺。而他一離開，一遇強敵如西夏武士之類，便全軍覆沒，連幫中重器打狗棒也被奪走。丐幫從此走向衰落頹敗。這反過來更使幫眾服膺昔日的幫主喬峯。

禮義忍讓，以理服人的胸襟器度

丐幫是天下第一大幫會，幫主的身分何等尊崇，諸幫眾對幫主更是敬若神明。作爲幫主的喬峯，卻有忍讓器度，以禮待人，以理服人，得理而能讓人，胸襟極爲開闊。他到江南調查本幫副幫主馬大元是否爲慕容氏所殺一案，初遇慕容氏屬下包不同，對方神情囂張，出口不遜，喬峯依舊以禮相待，寒喧道：「原來是包三先生，在下久慕英名，今日得見尊範，大是幸事。」哪料到包不同出口傷人，還責怪喬峯不該來到江南。諸幫眾聞言大怒，摩拳擦掌，都欲動手教訓這個無理無禮之徒，喬峯卻淡淡地道：「如何是在下的不是，請包三先生指教。」包不同說慕容氏「特地親赴洛陽去拜會閣下，你怎麼自得其樂的來到江南？嘿嘿，豈有此理，豈有此理！」

包不同此言強辭奪理，喬峯耐心聽完，然後微微一笑，說道：「慕容公子駕臨洛陽敝幫，在下倘若事先得知訊息，確當恭候大駕，失迎之罪，先行謝過。」

說著抱拳一拱。

站在一旁的段譽目睹耳聞這個過程，不禁心中暗自讚嘆：「大哥這幾句話好生得禮，果然是一幫之主的風度，倘若他和包三先生對發脾氣，那便有失身分了。」

喬峯的答言，不驚不惱，應對有禮，確有領袖風度，但「倘若事先得知訊息」一語，暗藏機鋒，既說明事實眞相，又反駁對方之無理取鬧，很有原則性，又很有分寸感，以柔克剛，並非一味和調、胡調。妙在最後三語，待人寬而責己嚴，果是器度非凡。

不料包不同是渾人，喬峯一再禮讓，他竟繼續信口雌黃，丐幫英雄氣憤不過，怒斥之後又與之角鬥，喬峯便不加干預。接著風波惡助戰，被丐幫毒物咬中，喬峯立即命陳長老給他解毒：「咱們尚未跟正主兒朝過相，先傷他的下屬，未免有恃強凌弱之嫌。咱們還是先站定了腳跟，占住了理數。」後又用迅雷不及掩耳的快狠手段制服風、包二人，風、包二人心服口服地認輸：「我打你不過，強弱相差太遠，打起來興味索然。喬幫主，再見了。」而且震驚地顫聲道：「這……這是『擒龍功』吧?世上居然眞的……眞的有人會此神奇武功。」喬峯微笑道:「在下初窺門徑,貽笑方家。」並無得勝後的躊躇滿志或得意張狂,出語謙虛低調。

在少室山上,喬峯終於第一次面遇「正主兒」慕容復。此時喬峯身陷重圍,命在旦夕,慕容復竟倚強欺弱,帶頭向喬峯挑戰,討好在場眾多的喬峯的對頭。喬峯忽聽慕容復挺身挑戰,也不由得一驚,雙手一合,抱拳相見,禮數非常周到,並說:「素聞公子英名,今日得見高賢,大慰平生。」

喬峯倉卒之間受人攻擊,被人辱罵,也都能保持彬彬有禮的風度。如他回到喬三槐居處,發現喬氏夫婦慘遭殺害,正痛哭間,忽遭四個僧人的辱罵:「喬峯,你這人當眞是豬狗不如……。」喬峯泣道:「在下適才歸家,見父母被害,正要查明凶手,替父母報仇,大師何出此言?」僧人一面襲擊圍攻,一面惡聲醜詆,喬峯還是抱拳行禮,說道:「請教四位大師法名如何稱呼?是少林寺的高僧麼?」四人繼續圍攻,喬峯明知他們一片好心,是來救援自己爹娘的,所以他被迫動手制住他們,並道:「在下感激四位的好意,今日事出無奈,多有得罪!」

緊急之中，不忘禮數。

喬峯明知群雄聚會於聚賢莊，是爲翦滅自己，他帶著阿朱闖入莊內。喬峯將鞭子往座位上一擱，躍下車來，抱拳說道：「聞道薛神醫和游氏兄弟在聚賢莊擺設英雄大宴，喬某不齒於中原豪傑，豈敢厚顏前來赴宴？只是今日有急事相求薛神醫，來得冒昧，還望恕罪。」說著深深一揖，神態甚是恭謹。喬峯面對群敵，禮貌周到，雖有求對方，卻能不失大俠風度和氣勢。

喬峯尋到天台上，欲向智光大師打聽自己的身世和陷害自己的眞凶。他的神態和言語十分恭謹。面見智光時，先深深一揖，說道：「打擾大師清修，深爲不安。」智光告訴喬峯：「喬施主，你本是姓蕭，自己可知道麼？」喬峯聞言，不由得背上出了一陣冷汗，知道自己的身世眞相正在逐步顯露。在如此激動震驚之時，他不忘禮儀——當即躬聲道：「小可不孝，正是來求大師指點。」當智光告訴他父親的姓名時，喬峯淚如雨下，站起身來，說道：「在下直至今日，始知父親姓名，盡出大師恩德，受在下一拜。」說著便拜了下去。智光又出示蕭遠山刻在石壁上字跡的拓片，喬峯不識契丹文字，但見筆劃雄偉，有如刀斫斧劈，已知這是自己父親臨死前以短刀所刻，不由得眼前模糊，淚水濟濟而下，一點點都滴在布上，說道：「還求大師譯釋。」聽智光說完拓文內容，蕭峯恭恭敬敬的將大布拓片收起，說道：「這是蕭某先人遺澤，求大師見賜。」智光又介紹當年誤會的起因，蕭峯道：「多謝大師告知這件事的前因後果，使蕭峯得能重新爲人。」蕭峯又接問：「那位帶頭大哥，究是何人？」不意智光微笑不答而圓寂西去。蕭峯淒然無語，跪下拜了幾拜，帶著阿朱離去。

喬峯到天台山前，在無錫郊外杏子林中已親聞智光敘述其父母被害經過，已知智光是殺害他父母的參與者之一，他又當場將帶頭大哥書信的簽名撕去，喬峯當時怒不可遏，差點致他死命。現在他對智光禮敬恭謹，一則因智光知錯能改，做了許多善事來彌補當年參與的罪過，他現在已是一位有道高僧；二則喬峯請求他講清往事眞相，他告知的情況十分珍貴。喬峯儘管悲憤到極點，依舊能保持禮儀，顯示其平時的待人素養。智光最後雖仍不肯講出帶頭大哥的姓名，他不惜以生命承擔友誼的重負，喬峯面對遺體的跪拜，說明他堅持禮儀的自覺。

喬峯面對仇敵的辱罵，能保持忍耐冷靜的態度，絕不犯「小不忍則亂大謀」

的錯誤。他第二次尋到馬大元家，馬夫人見了他便破口大罵，罵得潑辣悍惡，骯髒齷齪，他一聲不響，待她罵了個暢快，還說：「很好，你罵就是。」馬夫人又一連串的大罵，半晌不絕。蕭峯由她罵個暢快，直等她聲嘶力竭，才問：「罵夠了麼？」馬夫人又喃喃咒罵了一會兒。喬峯已知此女醜惡的秘密，他耐心聽罵，是因爲還要從她口中挖出她陷害自己的原因和眞相。馬夫人果然講出痛恨他、陷害他的原因和經過。蕭峯的忍耐，獲得了應有的效果。換一個粗豪暴烈的好漢，容不得別人的辱罵，尤其是下賤女人的咒罵，動手報仇，打死這個潑婦，不讓她侮辱自己，固然獲得一時痛快，血海般深仇的起因之秘密卻永不能揭開了。蕭峯的忍耐是有原則的。在聚賢莊被群雄包圍時，人叢中忽有一個細聲細氣的人罵他：「是啊，你是雜種，自己也不知道是什麼種。」喬峯聽了這幾句話，凝目瞧了半晌，點了點頭，不加理會，繼續與薛神醫對話。人叢中那聲音又冒了出來：「你羞也不羞？你自己轉眼便要給人亂刀斬成肉醬，還說什麼饒人性命？你……」尚未講完，喬峯突然一聲怒喝：「滾出來！」聲震屋宇，樑上灰塵簌簌而落。群雄均是耳中雷鳴，心跳加劇。對此類惡徒，喬峯只忍讓一次，馬上即用高強內功破了譚青此人的腹語之後，令他發瘋，他只好搖搖晃晃，似醉酒一般地應聲而出，臉色灰敗地在群雄面前出醜、示眾。接著雲中鶴在遠處高牆上罵一聲「什麼英雄之宴，我瞧是狗熊之會！」將譚青救走。喬峯凌空拍出一掌，擊中雲中鶴背心，打得他重重地摔了下來，口中鮮血狂噴，大敗而走。喬峯對此種醜類便不必忍耐，大打出手。

喬峯對好漢、俠義人物，當然是十分敬重的，在聚義莊和天台山有求於人時，是如此，對有求於自己的，也是如此。他在生擒耶律洪基後，又無條件將他釋放。洪基還以爲蕭峯要與他決鬥，大聲道：「蕭英雄，我明知不是對手，但契丹人寧死不屈！」蕭峯將他的武器全部相還，自己兩手空空，對他微笑。耶律洪基大怒，叫道：「嘿，你要空手和我相鬥，未免辱人太甚！」蕭峯搖頭道：「不是！蕭某生平敬重的是英雄，愛惜的是好漢。你武功雖不如我，卻是大大的英雄好漢，喬某交了你這個朋友！你回自族去罷。」面對自己生擒的俘虜，因對方是一條不怕死、氣度豪邁的好漢，喬峯便表敬重愛惜之意。像慕容復後來暴露出卑鄙的本質，蕭峯立即當眾訓斥。可見蕭峯的忍耐、忍讓和講究禮義，有理、有利、有節，是很有原則性的。

以武立威，令人聞風喪膽的雄獅

少女的感覺最敏銳。阿朱受重傷後，喬峯在客店中聽向望海、鮑千靈等談起江湖上對他的種種誤會，薛神醫大撒英雄帖，集天下群雄於聚賢莊，商議如何對付喬峯。喬峯自踏上江湖以來，只有為友所敬、為敵所懼，哪有像這幾日如此受人輕賤卑視，他見阿朱為自己擔憂，不由得傲心登起，大聲對她道：「那些無知小人對我喬某造謠誣蔑，倒是不難，要出手傷我，未必有這麼容易。」突然之間，將心一橫，激發了英雄氣概，要帶著阿朱去闖聚賢莊。阿朱瞧著他這副睥睨傲視的神態，心中又是敬仰，又是害怕。只覺眼前這人天不怕、地不怕，又驕傲、又神氣，粗獷豪邁，像一頭雄獅。情人眼裡出雄獅，阿朱的感覺，準確把握了喬峯的氣度和風度。

先期到聚賢莊上的群雄，聽鮑千靈道：「喬峯那廝說要到聚賢莊來，參與英雄大宴。」登時群相聳動。大廳上眾人本來各自在高談闊論，喧嘩嘈雜，突然之間，大家都靜了下來。站得遠遠的人本來聽不到鮑千靈的話，但忽然發覺誰都不說話了，自己說了一半的話也就戛然而止。霎時之間，大廳上鴉雀無聲，後廳的鬧酒聲、走廊上的談笑聲，卻遠遠傳了過來。喬峯威風所及，已先聲奪人。

待喬峯來到莊外，大廳上已起毆殺，正亂作一團，只見一名管家匆匆進來，走到莊主游驥身邊，在他耳邊低聲說了一句話。游驥臉上變色，問了一句話。那管家手指門外，臉上充滿驚駭和詫異的神色。游驥在薛神醫的耳邊說了一句話，薛神醫的臉色也立時變了。游駒走到哥哥身邊，游驥向他說了一句話，游駒也頓時變色。這般一個傳兩個，兩個傳四個，四個傳八個，越傳越快，頃刻之間，嘈雜喧嘩的大廳中寂然無聲。

因爲每個人都聽到了四個字：「喬峯拜莊！」

群豪心中都怦怦而跳，明知己方人多勢眾，眾人一擁而上，立時便可將喬峯亂刀分屍，但此人威名實在太大，孤身而來，顯是有恃無恐，實猜不透他有什麼奸險陰謀。

喬峯眉目間不怒自威，令群雄震懾，首先是因他的高超武功和隨之而來的氣勢。此日聚賢莊一戰，他孤身一人連斃數十名好手，當眞是威震天下。中原群雄恨之切齒，卻也同時聞之落膽。群雄原本知喬峯手段高強，武藝高超，但多據江湖傳聞，鮮有親見者。那日參與聚賢莊之會的群豪，目睹莊中大廳上血肉橫飛的慘狀，多年之後，兀自心有餘悸，不寒而慄。

再看那日少室山群雄大會，喬峯突然現身。他上山時，群雄但聽得蹄聲如雷，十餘乘馬疾風般卷上山來。馬上乘客一色都是玄色薄毡大氅，裡面玄色布衣，但見人似虎，馬如龍，人既矯捷，馬亦雄駿，每一匹馬都是高頭長腿，通體黑毛，奔到近處，群雄眼前一亮，金光閃閃，卻見每匹馬的蹄鐵竟然是黃金打就。來者一共是一十九騎，人數雖不甚多，氣勢之壯，卻似有如千軍萬馬一般，前面一十八騎奔到近處，拉馬向兩旁一分，最後一騎從中馳出。

丐幫幫眾之中，大群人猛地裡高聲呼叫：「喬幫主，喬幫主！」數百名幫眾從人叢中疾奔出來，在那人馬前躬身參見。

喬峯之威風，蓋過群雄。

其蓋過群雄之威風，更妙在群雄與他爲敵，他卻能爲群雄出氣，戰勝群雄之敵，長自己之志氣，滅群雄之敵之威風！

當年在聚賢莊群雄之會上，雲中鶴毒罵：「什麼英雄之宴，我瞧是狗熊之會！」又用以進爲退、聲東擊西之計，救出攪局的譚青，結果被喬峯遠距離凌空一掌，打得狂吐鮮血，從遠處高牆上重重摔了下來，只能緩緩掙扎著站起，蹣跚著出門，走幾步，吐一口血。群雄見他傷重，誰也不再難爲他，均想：「此人罵我們是『狗熊之會』，誰也奈何他不得，反倒是喬峯出手，給大伙兒出了這口惡氣。」那譚青被喬峯一聲巨喝之內力震得心神俱碎，醉酒似地直立著，忽而踉蹌向東，忽而蹣跚向西，口中咿咿啊啊地唱起小曲來，十分滑稽。大廳上卻誰也沒笑，只覺眼前情景可怖之極，生平從所未睹。他們目睹譚青心魂俱失，當場氣絕命斷，回想起先受人辱罵，還找不到認頭之人，而喬峯一到，立時便將此人震出、治死，又均感痛快。

少室山上也是如此，群雄眼見丁春秋與游坦之惡鬥，當場用毒手擲人成屍達十餘人之多；丁春秋用無形功夫，隔六七丈距離，左手一招，阿紫便飛躍過去，乖乖就擒，丁春秋又丟出九具毒屍，連揮四掌，打得丐幫幫主游坦之連吐四口黑血，逼得游坦之當場跪在地上，拜己爲師，又命他殺了少林寺長老玄慈，游坦之當場轉身搶攻玄慈，山上大亂。正在此時，喬峯上山，群雄聳動。只見他僅以一招「亢龍有悔」，便在十五六丈之外突至三四丈處，救出阿紫，將那不可一世的星宿老怪丁春秋打得落荒而逃，心中更增驚懼，一時山上群雄面面相覷，肅然無語。

喬峯每次擊敗強敵，皆游刃有餘，氣度瀟灑，故能以武立威，令人聞風喪膽。

智慧過人，精細冷靜的處事方式

喬峯並非僅是一味逞勇的粗豪之士，他以有勇有謀、智勇雙全聞名於江湖之中。他在大風大浪般的險惡形勢中作無數次的生死搏殺，除聚賢莊因身負重傷的阿朱之拖累外，多能謀定而動，賴自己的智勇克敵制勝，或幫助別人反敗爲勝。

喬峯的智勇雙全，不僅體現在生死搏鬥的場合，更體現在作爲丐幫幫主的領袖處理複雜事務之時。喬峯外表粗豪，內心卻十分精細，遇事冷靜，善於深思熟慮。丐幫副幫主馬大元被殺，喬峯在洛陽之時乍聞此訊，聽到馬二哥死於他自己天下無雙無對的「鎖喉擒拿手」的功夫之下，便即想起了姑蘇慕容氏「以彼之道，還施彼身」的殺敵風格；過了幾天喬峯越來越覺得，這中間說不定另有曲折，感到：「江湖上的事奇詭百出，人所難料，不能單憑傳聞之言，便貿然定人之罪。」於是不遠千里，特地來到江南，爲的是要查明眞相。江湖上的眾多人士，往往不先加查訪，便一口咬定某某是凶手，喬峯的思維水平遠遠超過南北群雄，達到「眾人皆醉，唯我獨醒」的境地，極爲可貴。

更爲可貴的是，喬峯在複雜嚴峻和瞬息萬變的形勢中，能保持思路清晰，沉著鎮定地堅持既定的正確原則。他和丐幫眾人倉卒路遇慕容手下的包不同、風波惡等人，他以禮相待，對方卻出言傷人，他忍讓有禮，但幫中高手卻與包、風相鬥。幫眾被惹怒，正擬一湧而上，喬峯自知本幫這打狗陣一發動，四面幫眾便此上彼下，非將敵人殺死殺傷，絕不止歇。他在查明眞相之前，不願和姑蘇慕容氏貿然結下深仇。於是他當下左手一揮，喝道：「且慢！」自己略施絕技，奪刀、點穴，立時賴空身制服和嚇走包、風二人，結束這場惡鬥。

喬峯剛擊退敵手，大智分舵的八袋舵主全冠清即指責他「放走敵人」。喬峯見他辭意不善，又察覺到諸幫眾的神氣大異平常，幫中定已生了重大變故。喬峯在查問缺席諸舵主、長老之同時立即想到全冠清工於心計，辦事幹練，原是自己手下一個極得力的下屬，但這時圖謀變亂，卻又成了一個極厲害的敵人——原來喬峯察言辨色，料知此次叛亂，全冠清必是主謀，若不將他一舉制住，禍亂非小，縱然平服叛徒，但一場自相殘殺勢所難免。丐幫強敵當前，如何能自傷元氣？他幾下兔起鶻落，乘自己與四長老問答之際，轉移眾人的注意力，將全冠清擒住，迫得他下跪，讓旁人錯以爲全冠清自行投降，從而誰也不敢再有輕舉妄動；又暗中撞他啞穴，喬峯素知此人能言善辯，若有說話之機，煽動幫眾，禍患難消，此刻危機四伏，非得從權以斷然手段處置不可。接著，喬峯令蔣舵主等去請缺席的傳功長老等人。面對人心已亂、神色尷尬的二百餘幫眾，喬峯心知「此刻唯有靜以待變，最好是轉移各人心思」爲上策，於是他向眾人介紹自己新交好友、結義兄弟段譽，轉移大家的注意力，然後用好言撫慰眾人，決意寧靜處事，要將一場大禍消弭於無形，說什麼也不能引起丐幫兄弟的自相殘殺。喬峯勸慰眾人說：「咱們丐幫多承江湖上朋友瞧得起，百餘年來號稱武林中第一大幫。既然人多勢眾，大伙兒的想法不能齊一，那也是難免之事。只須分說明白，好好商量，大伙兒仍是相親相愛的好兄弟，大家也不必將一時的意氣紛爭，瞧得太過重了。」他說這幾句話時神色極是慈和，道理又很充分，果然稍許消解了劍拔弩張之勢。爲進一步消解敵對情緒和發生叛亂的可能，他按幫規砍自己四刀，赦免宋、奚、陳、吳四長老誤信人言，圖謀叛亂，危害本幫大業，本當一刀處死的罪責，又向幫眾介紹和「復習」他們過去立過的大功，作爲自己赦免他們的理由。他的這個做法，使宋、奚、陳、吳四長老不禁愧惶交集，更使群丐盡皆動容。尤其是陳、吳兩人，情況特殊。陳長老性情乖戾，往年做了對不起家門之事，變名出亡，老是擔心旁人揭他瘡疤，心中忌憚喬峯精明，是以和他一直疏疏落落，並無深交。他大聲對喬峯道：「喬幫主，我跟你沒什麼交情，平時得罪你的地方太多，不敢要你流血贖命。」喬峯表揚他：「你和馬副幫主老成持重，從不醉酒，那是你們的好處，我喬峯及你們不上。」又揭出他一個眾所不知的大功：「刺殺契丹國左路副元帥耶律不魯的大功勞，旁人不知，難道我也不知麼？」陳長老不禁心下大慰，低聲回答：「我陳孤雁名揚天下，深感幫主大恩大德。」陳孤雁一向倨傲無禮，自恃年長、資歷老，平時對喬峯並不謙敬，群丐對此眾所週知，這時見幫主居然不念舊嫌，無不感動。吳長老抵擋西夏高手行刺楊家將的陰謀，楊元帥曾贈他「記功金牌」，喬峯表揚此事，吳長風當場表態：「幫主，你大仁大義，吳長風這條性命，從此交給了你。人家說你這個那個，我再也不信了。」此言道出群丐共同之心聲。喬峯高明的處理事變之手段，不僅徹底化解了丐幫變亂之大禍，而且還乘機化解陳長老等重要人物長年存下的舊嫌，進一步維護了丐幫的團結，也自然而然地更增強了自己的威信。

但是，如果認為喬峯對人一味仁慈，那就錯了。他對全冠清便懷有很高的警惕心，前言述及，起初他怕全某能言善辯，煽動幫眾，撞了他的啞穴，不讓他出聲。此時，全幫上下已站在自己的一邊，他就讓其發言：「全舵主，你有什麼話說？」全冠清卻自感：「我這時空口說白話，誰也不信，你還是將我殺了的好。」

他自知大勢已去，又責任難逃，口氣依舊很硬。喬峯思慮精細，又有極強的責任心，絕不殺錯無辜，見他話中有話，便生滿腹疑雲：「大丈夫有話便說，何必吞吞吐吐，想說卻又不說？全冠清，是好漢子，死都不怕，說話卻又有什麼顧忌了？」

全冠清冷笑著回答，明顯地暗示出喬峯的胡人身世，自稱不貪生怕死，而且「早已拚著一死」。白世鏡下令處死他，喬峯卻不肯。喬峯目不轉睛凝視著全冠清的臉色，只見他只有憤憤不平之容，神色間既無奸詐譎獪，亦無畏懼惶恐，心下更是起疑。他先指責：「全舵主，你說知道我身世眞相，又說此事與本幫安危有關，到底眞相如何，卻又不敢吐實。」又宣布：「你煽動叛亂，一死難免，只是今日暫且寄下，待眞相大白之後，我再親自殺你。喬峯並非一味婆婆媽媽的買好示惠之輩，既決心殺你，諒你也逃不出我的手掌。你去罷，解下背上布袋，自今而後，丐幫中沒了你這號人物。」

喬峯作爲丐幫領袖，處理這個叛亂事件是《天龍八部》所描寫的唯一大事。對這件複雜而又來歷不清的叛亂，喬峯的處理，冷靜低調，終於達到大事化小、小事化無的預定目的。在處理過程中，層次分明，部署得當。先是快刀斬亂麻地穩定局勢，點穴堵住叛首全冠清的利嘴，赦免並令四位參與叛亂的長老口服心服，徹底轉變立場，最後，在徹底消除叛亂、重新使幫眾團結一致之後，審問全冠清。看到全冠清態度強硬，另有隱情，喬峯在指斥他煽動叛亂之罪責後，宣布暫不處理。他絕不殺錯一人，重視調查研究，即使像全冠清這樣的陰險人物，也絕不隨意翦滅；又強調查清後一定親自殺他，又將他開除出幫，以免他再興風作浪，再掀叛亂，以消除後患。

作爲領袖人物，他待人處世除顯示以上分析的才能之外，還體現了他治幫的兩大原則：⑴首惡必辦，脅從不問；⑵將功折罪，公正公開。這兩大治幫平亂的處罰原則，更體現出喬峯領袖群雄的傑出才華。

喬峯至此本已圓滿處理好幫內這個突發性的重大叛亂事件，接著馬夫人等人突然再來攪局，智光等人回憶史實、拿出汪幫主等人的信件作爲物證，使喬峯的胡人身世暴露無遺，喬峯只好辭職，這是天意，非人力所可挽回。馬夫人的陰謀，喬峯無法抵禦，則又表現了人世間的無限複雜性，這一金庸極爲擅長、多次予以全面、深入、眞切描寫的領域，任何大英雄陷入這個泥沼，都要花大氣力才能解脫，還需要經歷時間老人的考驗，進入新的發展階段。

慧眼識人、尊重信任的領袖風度

喬峯作爲丐幫領袖，能將丐幫治理得日益興旺，慧眼識人、尊重信任是必備的領導素質之一。喬峯在當丐幫幫主的八年中，必是慧眼識，用人得當，否則不能帶領丐幫贏得節節的勝利。小說中沒有這方面的正面描寫，是因爲小說不是論文，不能也不必作面面俱到的描寫。但是從處理叛亂的過程中，喬峯對宋、奚、陳、吳四位長者的瞭解，對馬副幫主的評論，對全冠清性格和反骨的把握，已見出他作爲丐幫領袖的知人識人能力和對幫內重要人物尊重信任的領袖風度。

喬峯辭去幫主，脫離丐幫以後，雖在遼國當上南院大王，他志非在此，小說於此也便虛寫。他的尊重信任別人的領袖風度便體現在對義結金蘭的兩位兄弟即虛竹和段譽身上。患難見眞情，患難識眞人。少室山大戰，數千群雄圍攻喬峯，段譽不懂武功，卻當眾助陣，決意和蕭峯同死。蕭峯先是勸阻，後見段譽態度誠懇、堅決，在痛飲烈酒時，便向隨行的十八名武士介紹道：「眾位兄弟，這位大理段公子，是我的結義兄弟。今日咱們陷身重圍之中，寡不敵眾，已然勢難脫身。」他拉著段譽之手，說道：「兄弟，你我生死與共，不枉了結義一場，死也罷，活也罷，大家痛痛快快地喝他一場。」信任和尊重段譽忠於友誼、爲友誼和道義而死的選擇，對自己的尊貴情誼。場面悲壯，又富於詩意。

接著虛竹出場，即聲道說：「大哥，三弟，你們喝酒，怎麼不來叫我？」蕭峯看到從不認識的一位青年僧人在生死關頭稱自己爲「大哥」，不禁一呆。聽了段譽的臨時介紹，才知端倪。

喬峯微微一笑，心想：「兄弟做事有點呆氣，他和人結拜，竟將我也結拜在內。我死在頃刻，情勢凶險無比，但這人不怕艱難，挺身而出，足見是個重義輕生的大丈夫、好漢子。蕭峯和這種人相結為兄弟，卻也不枉了。」當即跪倒，說道：「兄弟，蕭某得能結交你這等英雄好漢，歡喜得緊。」兩人相對拜了八拜，竟然在天下英雄之前，義結金蘭。

蕭峯不知虛竹身負絕頂武功，見他是少林寺中的一名低輩僧人，料想功夫有限，只是他既慷慨赴義，若教他避在一旁，反而小覷他了，提起一只皮袋，説道：「兩位兄弟，這一十八位契丹武士對哥哥忠心耿耿，平素相處，有如手足，大家痛歡一場，放手大殺吧。」

以上兩段，寫出蕭峯與段譽、虛竹生死情誼的動人，令讀者也感熱血沸騰。對十八位契丹武士的評價，可見蕭峯當南院大王也能慧眼識人，知人善任。更妙在他對虛竹的現場處理，溫瑞安先生分析得好：

蕭峯重義，見虛竹慷慨赴義，為義輕生，不想小覷了他，當即結義，要是換作慕容復，或會嫌他武功低微，不與他結交，若換作段正淳，便或怕他無謂犧牲，不讓他參與其事。蕭峯與段譽、虛竹結義痛飲之時，絕未料到這兩人成為他的強助，足可扭轉乾坤。……蕭峯這次得到強大的臂助，全因

他大義所致，並非有意拉攏，相比之下，慕容復著意「收攬人心」，反而只得到一場羞辱。（《天龍八部》欣賞舉隅）

蕭峯的這兩位兄弟在生死搏殺中果然沒有辜負他的信任：段譽平時遇敵必逃，他這次不僅不逃，而且眼看喬峯以一敵二，時久必敗，他不管自己不懂武功，不怕得罪王語嫣，竟主動攻擊慕容復，將慕容復殺得醜態畢露；蕭峯信任段譽的六脈神劍，他旁觀而不出手，只當現場指導，提示段譽一下，讓段譽經受鍛鍊，建立殺敗強敵的信心和功業。虛竹大戰星宿老怪，更不負眾望，最後得到完勝。少室山大戰，蕭峯、段譽和虛竹完勝丁春秋、游坦之、慕容復三大高手，是以正克邪的勝利。蕭峯、段譽和虛竹正氣凜然，大義凜然，蕭峯對段譽、虛竹的無限信任和尊重，是正氣和大義中的重要內容之一。

隨機應變，機動靈活的鬥爭方式

喬峯爲人，堅守原則，但絕不固執呆板、刻舟求劍、剛愎自用，而能隨機應變，機動靈活地待人處事。

他在杏子林中被人揭發出契丹身世，被迫辭去幫主並脫離丐幫之時，出於忠義，他當眾行禮，說道：「青山不改，綠水長流，眾位好兄弟，咱們再見了。喬某是漢人也好，是契丹人也好，有生之年，絕不傷一條漢人的性命，若違此誓，有如此刀。」說罷凌空一抓，將單正的單刀奪來，彈指而刀斷。拋下刀柄，揚長而去。表示不管自己是契丹人還是漢人，與漢人終生友好的美意。可是漢人群雄卻態度不同，如喬峯是漢人，就友好，如喬峯是契丹人，就不友好，還輕信傳聞，硬說他是殺害養父母、師父的凶手，聚會商議殺他。爲救阿朱，他獨闖聚賢莊，請求薛神醫爲阿朱救治，群雄卻不分青紅皂白，圍攻喬峯，屢使殺手，尤其是喬峯在不曾傷了一人性命的情況下，卻尋退路脫身，趙錢孫大聲叫道：「大家出力纏住他，這萬惡不赦的狗雜種想要逃走！」不僅不讓喬峯退避，而且還出口不遜，辱罵喬峯。喬峯酣鬥之間，酒意上升，故而怒氣已漸漸勃發，聽得趙錢孫破口辱罵，不禁怒火不可抑制，喝道：「狗雜種第一個拿你來開殺戒！」游氏兄弟落敗自殺，喬峯酒性退了大半，心中頗起悔意，譚公又來偷襲，阿朱驚呼「小心！」譚婆竟要怒殺阿朱，喬峯拉開阿朱後，他正衝到門口，想避戰而走，單正竟慘然大呼：「先殺這丫頭，再報大仇！」其子舉刀劈向阿朱，逼使喬峯重回戰場相救。單正及其剩下的三子，連同其餘六、七人，都撲向阿朱，喬峯再次救出阿朱，左臂抱著她，被多人圍攻，身受數傷，只好一邊向外衝去，一邊殺敵。喬峯見力量懸殊，無法衝出，大喝：「喬峯自行了斷，不死於鼠輩之手！」但群雄不肯讓他從容自盡，十多人一擁而上，他抓住玄寂，不殺而放，並靜立不動，朗聲道：「你們動手罷！」單正父子正要殺他，他卻被半空中竄下長繩捲走救出。

儘管喬峯當時曾自思：「我一生多行仁義，今天卻如何無緣無故的傷害這許多英俠？」儘管事後他在雁門關外向阿朱表示後悔：「那日在杏子林中，我彈刀立誓，絕不殺一個漢人，可是……可是……」阿朱道：「聚賢莊上這些人不分青紅皀白，便向你圍攻，若不還手，難道便胡里胡塗的讓他們砍成十七廿八塊嗎？天下沒這個道理！」喬峯當場贊同說：「這話也說得是。」

喬峯在聚賢莊上被迫還手殺人時，來不及思慮，而在潛意識中實也持與阿朱同樣的動機。喬峯是一位大俠，按武林規距，他當眾立誓，當然應言而有信，否則便爲人不齒。但樹卻靜而風不止。喬峯不想殺人，漢人卻群起而攻之，非要殺他不可。喬峯兩次要避開這個要死人的惡鬥場面，這三百餘漢人非不讓他走，非要留他在此拚個你死我活，喬峯如果死守諾言，豈非只能束手待斃？喬峯不講究宋襄公之流蠢豬式的仁義道德，他來不及思考便動手反擊，顯示其機動靈活、隨機應變的對敵手段，值得讚賞。當他第二次陷入這種場面，在少室山上被群雄圍攻時，他便理直氣壯、毫不猶豫地投入搏殺了。

最具幽默意味的是，在聚賢莊的第一次決戰，由玄難對付喬峯。喬峯一拳擊破他的「袖裡乾坤」絕技，玄難用「太祖長拳」再次進攻。喬峯——

驀地心念一動，呼的一拳打出，一招「衝陣斬將」，也正是「太祖長拳」

中的招數。

僅僅七、八招之後，玄難便左支右絀，抵敵不住，玄寂見他打不過喬峯，竟在旁辱罵助戰：「你這契丹胡狗，這手法也太卑鄙！」沒想到——

喬峯凜然道：「我使的是本朝太祖的拳法，你如何敢說上『卑鄙』二字？」

群雄一聽，登時明白了他所以要使「太祖長拳」的用意。倘若他以別種拳法擊敗「太祖長拳」，別人不會說他功力深湛，只有怪他有意侮辱本朝開國太祖的武功，這夷夏之防、華胡之異，更加深了眾人的敵意。此刻大家都使「太祖長拳」，除了較量武功之外，便拉扯不上別的名目。

這個玄寂見罵不過喬峯，竟上陣助戰，以兩攻一：

玄寂眼見寂難轉瞬便臨生死關頭，更不打話，嗤的一指，點向喬峯的「璇璣穴」，使的是少林派的點穴絕技「天竺佛指」。

喬峯聽他一指點出，挾著極輕微的嗤嗤聲響，側身避過，說道：「久仰『天竺佛指』的名頭，果然甚是了得。你以天竺胡人的武功，來攻我本朝太祖的拳法，倘若你打勝了我，豈不是通番賣國，有辱堂堂中華上國？」

玄寂一聽，不禁一怔。他少林派的武功得自達摩老祖，而達摩老祖是天竺胡人。今日群雄為了喬峯是契丹胡人而群相圍攻，可是少林武功傳入中土已久，中國各家各派的功夫，多多少少都和少林派沾得上一些牽連，大家都已忘了少林派與胡人的關係。這時聽喬峯一說，誰都心中一動。

眾家英雄之中，原有不少大有見識的人物，不由得心想：「咱們對達摩老祖敬若神明，何以對契丹人卻是恨之入骨，大家都是非我族類的胡人啊？嗯！這兩種人當然大不相同。天竺人從不殺我中華同胞，契丹人卻是暴虐狠毒。如此說來，也並非只要是胡人，就須一概該殺，其中也有善惡之別。那麼契丹人中，是否也有好人呢？」……

沒想到玄難、玄寂以二敵一，依舊不是喬峯對手。玄難見自己所使的拳法鬥不過喬峯，便換作少林派的「羅漢拳」。

喬峯冷笑道：「你這也是來自天竺的胡人武術。且看是你胡人的功夫厲害，還是我大宋的本事了得？」說話之間，「太祖長拳」呼呼呼地擊出。

眾人聽了，心中都滿不是味兒。大家為了他是胡人而加圍攻，可是己方所用的反是胡人武功，而他偏偏使本朝太祖嫡傳的拳法。

喬峯的機智靈活表現在倉促臨敵之間仍能深謀遠慮，選用太祖長拳來對付對方的太祖長拳，堵住對方的嘴，不讓對方節外生枝地攻擊自己。果然，玄寂的辱罵立即遭到喬峯的迎頭痛擊，而自己一出手，立即被喬峯抓住把柄，以毒攻毒。玄難的羅漢拳，又被喬峯批評得理屈詞窮。喬峯選擇武功和語言辯駁的雙重機變，使他孤身對敵時占盡上風，尤其是在道義上占了上風，並進而引起在場的有識之士的深思。喬峯在對方振振有辭、貌似有理的興師問罪的有利形勢中，挑出其華夷之辨的荒謬性，用「擾亂」雙方所處的華夷陣線的高明手法，在精神上、氣勢上都逆轉了敵強我弱的形勢，逼使對方處於師出無名、理屈詞窮的逆境。喬峯在生死搏鬥的嚴重場合，頭腦冷靜，富於理智，善於機變，其出眾的才智，令人欽佩。

喬峯一貫善用冷靜、機變的處事方式，並非僅在聚賢莊上偶露崢嶸而已。另如喬峯在杏子林中乍聞自己的契丹身世，一時也禁不住手足無措，待馬夫人口口聲聲誣陷他，心中反而平定：「有人盜我折扇，嫁禍於我，這等事可難不倒喬峯。」並乘勢反擊：「馬夫人，以喬某的身手，若要到你府上取什麼物事，諒來不致空手而回，更不會失落什麼隨身物事。」即使皇宮內院、千軍萬馬之中，「喬某要取什麼物事，也未必不能辦到。」馬夫人的謊語和折扇之物證，畫蛇添足，立即被喬峯揪住反攻。喬峯言畢，眾人心服口服，馬夫人低下頭去，再也不說什麼。此時喬峯辭職並辭別眾人，不僅不顯狼狽尷尬，反而顯得雍容瀟灑，馬夫人和陰謀叛亂者都暴露出理屈辭窮的真實面目。所以喬峯離去時，眾人群相愕然之際，跟著便有人大呼起來：「幫主別走！」、「丐幫全仗你主持大局！」、

「幫主快回來！」喬峯眞是雖敗猶榮。

另如他在耶律洪基重聚時，被遼國叛軍包圍，勢在必敗。耶律洪基束手無策，只好認輸自殺。喬峯出手制止他自殺，在危急中抓住機遇射殺叛首，又用地堂功夫突然闖入敵陣，抓住皇叔，反敗爲勝。這種乘敵不備，尋隙反撲，擒賊先賊王的機變手段，和上述例舉的各場合之運用，都是根據具體場合和形勢臨時爆發靈感、不可重複的高明思路，非大智大勇者不能爲。

喬峯的人生哲學

人生觀篇

喬峯的人生態度

匈牙利大詩人裴多菲有首名詩說：「生命誠可貴，愛情價更高。若爲自由故，兩者皆可拋。」古今中外的眾多仁人志士，實皆如此。金庸筆下的喬峯，作爲大俠，也不例外。他在杏子林中見叛首全冠清講話呑呑吐吐，猶疑不決，批評他說：「大丈夫有話便說，何必呑呑吐吐，想說卻又不說？全冠清，是好漢子，死都不怕，說話卻又有什麼顧忌了？」即包含有上引裴多菲名詩之意思，做人要敢於享受說話的自由，敢於暢所欲言。

「好漢子，死都不怕。」此言擲地有金石之聲。

大丈夫、好漢子，要不怕死，才能做成幾件大事。

喬峯聽說薛神醫大撒英雄帖，商討捕殺自己的訊息，自思：「那些無知小人對我喬某造謠誣蔑，倒是不難，要出手傷我，未必有這麼容易。」突然之間，將心一橫，激發了英雄氣概，帶著阿朱去闖聚賢莊英雄大會，終於抓住良機，請薛神醫治好阿朱的重傷。

喬峯爲救回阿紫，他又闖少室山英雄大會，不怕天下群雄圍攻，自身性命難保，果然救出阿紫。

他又曾不怕生命危險，孤身攻入千軍萬馬之中，射殺、生擒叛首，救出耶律洪基的生命。

喬峯爲了救別人的性命，不惜犧牲自己的性命。

有時雖不至於被殺喪命，也要自己受傷或冒風險，爲的是救出命不該喪的別人。

風波惡中丐幫之毒，性命危險，儘管此乃風波惡咎由自取，喬峯仍下令爲他解毒。但其所受之毒，必須吸盡傷口中的毒液之後才能敷解藥，否則有害無益。喬峯想到：他若命屬下攻擊敵人，情勢便再凶險百倍，也是無人敢生怨心，但要人干冒送命之險，去救治敵人，這號令可無論如何不能出口。他當即說道：「我來給風四爺吸毒好了。」

宋、奚、陳、吳四長老參與叛亂，喬峯連砍自己四刀，按自流鮮血，寬容犯規者的幫規，饒恕了四人的性命。

在自知身世和父母的血海深仇之後，喬峯不畏艱巨，爲報仇而四處奔走，以此作爲自己的人生的唯一目標；無論敵手有多高強，他不惜犧牲生命，務必達到復仇的目的。

爲道義和正義的事業，喬峯也不惜冒生命之危險，赴湯蹈火，出生入死。喬峯初出江湖，完成汪幫主的三大難題，又立了七大功勞，那一年在泰山大會，連創丐幫強敵九人。出任幫主後，殺過好幾個契丹的英雄人物。凡此種種，喬峯皆敢冒生命危險才能樹功。

總之，爲了正義和道義，喬峯甘願冒生命危險而作誓死拼搏，並不珍惜自己的生命。

最後，他終於爲撲滅遼宋兩國的戰火，爲保住無數漢族和契丹的兵士和百姓的生命而犧牲自己的生命。

喬峯用自己壯烈的一生譜寫出熱愛他人生命的俠義進行曲，體現了他爲義和爲民的人生觀。

但是喬峯並不是一個簡單的人物，他既珍惜生命又殘害生命，其間功過，甚至難以評說。

珍惜生命和殘殺生命

喬峯爲人善良仁慈，他珍惜生命。

他首先珍惜親人、友人的生命。養父母喬三槐夫婦、玄苦被暗殺，他感到無限痛惜。

他的朋友完顏阿骨打被契丹人追殺，他奮勇與敵衆搏殺，擒住紅袍敵酋，救出阿骨打。

上節述及，喬峯珍惜別人的生命，救出衆多生命；也寬恕了衆多生命，那些已知錯認錯的英雄好漢。包括智光，他儘管當年參與殺害他的親生父母，在杏子林中又揭露他的契丹身世和隱暱帶頭大哥的姓名，儘管喬峯當時怒火難遏，結果依舊遏住怒火，饒了他的生命，也不準備殺掉其他參與者，如趙錢孫等人。也曾饒了爲報父仇而想暗殺他的游坦之的性命。

他珍惜宋遼百姓的性命，救出或釋放被「打草穀」的宋遼百姓。

喬峯對人的生命之珍惜，當然更要體現到情人阿朱身上。這種對生命之珍惜與對愛情的眞摯忠貞相結合，喬峯便終身只愛阿朱一人，不再向別的女性打開心扉。有一首小詩說得好：

一朵玫瑰花，
插在衣襟上；
我的親愛的，
記在我心上。

花兒凋謝了，
再拿一枝來換；
我的親愛的，

什麼也不能換。

這首詩如果移到喬峯身上，眞切而樸素地寫出了喬峯對阿朱的感情和對她的生命無比之珍重和珍惜。

喬峯對阿紫的生命之珍惜，不亞於阿朱，也因爲是阿朱。

但有時他看到別人喪失生命，他卻不救，也不能出手相救。

玄慈被揭出是當年殺害喬峯親生父母的帶頭大哥，又被蕭遠山揭出他與葉二娘私通，並有私生子虛竹。作爲方丈的玄慈違反佛規，感到無地自容。於是作爲方丈的玄慈下令少林僧人杖責犯規的自己。喬峯在旁眼睜睜地看著他受杖責，直至斃命。一則，玄慈正是喬峯要追殺的大仇人；二則，一個人做壞事情，有時必須以付出性命的代價來贖罪或保持名譽和人的尊嚴。如項羽兵敗，不肯過江東，情願烏江自刎；有的資本家經商失敗，跳樓自殺。玄慈的杖斃和智光的圓寂，亦類此。

喬峯在雁門關上目睹大宋官兵殺戮殘害無辜的契丹百姓，他怒而殺死這批官兵。這當然是正義的行動。但在聚賢莊，他為救阿朱一人性命而殺死眾多英雄好漢，有的評論家予以批評，實則此乃被殺者不明事理，自尋死路。問題在於，喬峯不僅自己不殺無辜或落敗的對手，也反對別人如此，他對阿紫鬥殺大師兄即極為反感。因此他痛恨暗殺無辜的喬三槐夫婦、玄苦大師等人的「大惡人」，後來發現這個「大惡人」竟是救過自己的大恩人和生父蕭遠山，他對此無所表示，甚至讚賞蕭遠山的復仇精神，此中是非，便會見仁見智而難以確定了。

喬峯本人殺人謹慎，即如在少室山上，對倚強欺弱，合力圍攻，妄圖殺害自己的慕容復、游坦之之流，也僅打得他們落花流水，醜態畢露，但不施殺手。喬峯不虐殺生命的仁慈善良之人生宗旨，是確定無疑的。

佛家的人生觀和喬峯的接受度

《天龍八部》中的佛家人生觀，主要體現在智光大師、玄苦大師和掃地老僧三人身上。喬峯親炙這三位高僧的高論，並有所體悟。

智光大師原是武林高手，三十年前他與玄慈、汪劍通等人，誤信契丹國有大批武士要來偷襲少林寺，奪去寺藏武功秘笈的謠言，在雁門關外誤殺十九騎契丹武士和蕭遠山之妻，極爲後悔。後來他出家爲僧，發大願心，飄洋過海，遠赴海外蠻荒，採集異種樹皮，治癒浙閩兩廣一帶無數染了瘴毒的百姓。他因此而大病兩場，結果武功全失，但嘉惠百姓，實非淺鮮，德澤廣被，無人不敬。喬峯也對他極爲欽敬。

智光大師殺錯了人，雖是受別人欺騙的結果，但他自責很深、悔恨莫及，寢食難安。後來他置生死於度外，到海外危險的地方採藥治毒，救人無數，以此自贖罪孽。這種做法，的確是贖罪的最好方式，値得一切誤入歧途者仿效。

智光大師在杏子林中揭示喬峯的契丹身世後，喬峯怒極，差點捏碎他渾身骨骼，智光大師臨危不懼，又撕去徐長老出示的帶頭大哥來箋信件的署名，喬峯再次大怒，智光大師微微一笑，說道：「喬幫主，你既知道了自己身世，想來定要報你殺父殺母之仇。汪幫主已然逝世，那不用說了。這位帶頭大哥的姓名，老衲卻不願讓你知道。老衲當年曾參與伏擊令尊令堂，一切罪孽，老衲甘願一身承擔，要殺要剮，你儘管下手便是。」

喬峯見他垂眉低目，容色慈悲莊嚴，心下雖是悲憤，卻也不由得肅然起敬。喬峯欽敬智光，是因爲他承認有罪，承認喬峯報仇的正義性，甘願讓喬峯報仇，獻出自己的生命，又獨力承當罪責，不連累別人，保護別人的性命。

當喬峯帶著阿朱尋到天台山止觀寺時，智光先期已知喬峯即要前來問訊並報仇。他在積塵中寫道：「萬物一般，眾生平等。聖賢畜生，一視同仁。漢人契丹，亦幻亦眞。恩怨榮辱，俱在灰塵。」以佛家的至理，教育喬峯，希望他懸崖勒馬，停止報仇。喬峯對前六句，已有體悟，心想：「在佛家看來，不但仁者惡人都是一般，連畜生惡鬼，和帝皇將相亦無差別，我到底是漢人還是契丹人，實在殊不足道。」對後兩句卻尚不能接受，故云：「但我不是佛門子弟，怎如他這般瀟灑脫？」他還堅持要復仇，所以連問幾句「帶頭大哥是誰」，想找他算帳。智光圓寂不答，喬峯反而爲智光之死感到歉意，阿朱安慰他：「這位高僧看破紅塵，大徹大悟，原已無生死之別。」喬峯是首肯阿朱的這個看法的，所以沒有反駁。他對「恩怨榮辱，俱在灰塵」二語，尚不認同，故而他帶著阿朱繼續奔走在復仇之路上，而實際上此前玄苦大師已用另外幾句話，表達了這個意思。

那是喬峯暗闖少林寺，想問清自己的身世眞相，在證道院外，聽到玄苦大師對眾高僧說：「小弟受戒之日，先師給我取名爲玄苦。佛祖所說七苦，乃是生、老、病、死、怨憎會、愛別離、求不得。小弟勉力脫此七苦，只能渡己，不能渡人，說來慚愧。這『怨憎會』的苦，原是人生必有之境。宿因所種，該當有此業報。眾位師兄、師弟見我償次此宿業，該當爲我歡喜才是。」喬峯文化程度不高，只聽他所說的都是佛家言語，不明其意所指。後來玄慈方丈對喬峯解釋，玄苦受人偷襲，生命垂危之際，「我們問他敵人是誰，他說並不相識，又問凶手形貌年歲。他卻說道佛家七苦，『怨憎會』乃是其中一苦，既遇上了寃家對頭，正好就此解脫，凶手的形貌，他決計不說。」喬峯的回答是：「眾位高僧慈悲爲念，不記仇寃。弟子是俗家人，務須捉到這下手的凶手，千刀萬剮，替師父報仇。」喬峯此前分明聽到玄苦曾說：「方丈師兄，小弟不願讓師兄和眾位師兄弟爲我操心，以致更增我的業報。那人若能放下屠刀，自然回頭是岸，倘若執迷不悟，唉，他也是徒然自苦而已。此人形貌如何，那也不必說了。」玄慈聞此言而檢討說：「是！師弟大覺高見，做師兄的太過執著，頗落下乘了。」而喬峯則堅持要復仇，不接受佛家的恩怨觀。

本書在第四章第十節〈天下一家，喬峯的民族觀與佛家的眾生觀〉已略敘佛教的眾生觀，即眾生平等的偉大思想。佛教另有三世觀，作爲認識生命的重要理論。佛教認爲，人和眾生都不斷地一世一世地出生和滅亡，在度脫輪迴之前，永遠地持續這個過程。作爲人的這一世來說，影響最密切的是上一世即前世和下一世即來世。這一世的生命過程中所遭遇的禍福恩怨，都是上一世言行的報應，而這一世的言行則影響到下一世的命運。故而玄苦認爲，來謀殺暗害自己的人，是自己上一世傷害過的人，他現在來殺害自己，是自己前世作孽的報應，即業報。自己被此人殺害，是償還前世的罪過，即宿業。而此人殺害自己，他犯下的罪孽，也要自受報應，根本不用我動手去報仇。又指出人生的生命質量不好，人的一生中必須承受七種痛苦：生、老、病、死、怨憎會、愛別離、求不得。佛家認爲出生也一是痛苦，所以嬰兒出世時都哭，而不是笑。怨憎會，指與自己不喜歡的、憎惡的、有怨仇的人相處在一起。愛別離，指與有感情的人必須分離或死別。求不得，指人的需求、愛好的東西都得不到。故而佛家的生命觀，可歸結爲一個「苦」字。喬峯不理解也不接受佛家的這個生命觀，包括三世觀、恩怨觀，他堅持要報仇。

在少室山大戰後，他與生父蕭遠山重逢相識，之後遇到掃地老僧，在這位高僧的教育下，蕭氏父子放棄了向慕容氏父子和其他冤家報仇的念頭，蕭遠山和慕容博還接受了佛家的生命觀，於是放棄了塵世中的一切，在寺中出家，隨這位高僧修行。他倆怎會開悟出家？原來是老僧指出他們偷學少林絕學功夫都已使自身受到嚴重的傷害，他介紹說：「本寺七十二項絕技，每一項功夫都能傷人要害、取人性命，凌厲狠辣，大干天和，是以每一項絕技，均須有相應的慈悲佛法化解。」而他倆一心學武殺人，故而已暗中走火入魔，自受損傷。他見兩人尚未覺悟，指出蕭氏和慕容氏如此殺來殺去，怨怨相報，何時方了？不如天下的罪業都歸我罷！將兩人先後拍死，再救活，又讓兩人「四手互握，內自相應，以陰濟陽，以陽化陰。王霸雄圖，血海深恨，盡歸塵土，消於無形！」於是兩人開悟，蕭遠山道：「弟子生平殺人，無慮百數，倘若被我所殺之人的眷屬皆來向我復仇索命，弟子雖死百次，亦自不足。」慕容博說道：「庶民如塵土，帝王亦如塵土。大燕不復國是空，復國亦空。」那老僧讚許兩人已開悟得道，哈哈一笑，道：「大徹大悟，善哉，善哉！」

根據佛教的理論，大千世界盡皆是空。人活一世，一死便萬事皆空，無論情欲、金錢、權力、恩怨，煙消雲散。忙忙碌碌，拚死拚活，結果是盡皆成空。既然如此，悟透之人便什麼也不做，專心修行，修得以後不再投胎做人，死後的靈魂長留天堂，在西方極樂世界中得大自在。

喬峯雖因父親和慕容博徹悟出家修行而放棄復仇，但他依舊不懂佛家的生命觀，不能接受佛家的生命觀，他還要在人間掙扎拼搏一番。但他熱愛人民生命的仁慈心腸，則與佛家的觀念相通。

以天下蒼生爲念的菩薩心腸

喬峯反對慕容博賴戰爭手段謀取一己一族之私利，他慷慨陳詞，爲民請命，說道：「你可曾見過宋人遼人妻離子散、家破人亡的情景？宋遼之間好容易罷兵數十年，倘若刀兵再起，契丹鐵騎侵入南朝，你可知將有多少宋人慘遭橫死？多少遼人死於非命？」他說到這裡，想起當日雁門關外宋兵和遼兵相互打草穀的殘酷情狀，越說越響，又道：「兵凶戰危，世間豈有必勝之事？大宋兵多財足，只需有一二名將，率兵奮戰，大遼、吐蕃聯手，未必便能取勝。咱們打一個血流成河，屍骨如山，卻讓你慕容氏來乘機興復燕國。我對大遼盡忠報國，是在保土安民，而不是為了一己的榮華富貴，因而殺人取地、建立功業。」

忽聽得長窗外一個蒼老的聲音說道：「善哉，善哉！蕭居士宅心仁厚，如此以天下蒼生為念，當眞是菩薩心腸。」

「以天下蒼生為念」一語，充分表達出喬峯的胸襟和器度。

一般的愛國英雄，熱愛本國的百姓，而喬峯則熱愛包括敵國在內的天下百姓。

喬峯反對「為一己的榮華富貴，因而殺人取地、建立功業」。他已看透歷代專制的暴君為一己之功業、聲名即私利，而發動戰爭。無論什麼樣的戰爭，遭殃的都是無辜的百姓，也包括軍士。因爲軍士也是天下蒼生中的一部分。因此當耶律洪基被迫答應喬峯不打南朝的要求時，他眼光從眾士卒臉上緩緩掠過，只見一個個容光煥發，欣悅之情見於顏色。

因爲眾士卒想到即刻便可班師，回家與父母妻兒團聚，既無萬里征戰之苦，又無葬身異域之險，自是大喜過望。契丹人雖然驍勇善戰，但兵凶戰危，誰都難保一定不死，今日得免去這場戰禍，除了少數想在征戰中升官發財的悍將之外，盡皆歡喜。

喬峯實已看到此戰的反面，他一聽到遼帝要興師南征，眼前已馬上出現一片幻景：成千成萬遼兵向南衝去，房舍起火，烈焰沖天，無數男女老幼在馬蹄下輾轉呻吟，羽箭蔽空，宋兵遼兵互相斫殺，紛紛墜於馬下，鮮血與河水一般奔流，骸骨遍野……因此他警告遼帝：「怨怨相報，實是無窮無盡。戰釁一啓，兵連禍結，更是非同小可。」指的便是這種前景。

喬峯犧牲一己之利益和生命，挽救天下蒼生，的確是道地的菩薩心腸。

喬峯的人生哲學

評語

從《天龍八部》之比喻，看喬峯所負的責任

《天龍八部》五卷，重點描繪了五個人物形像：喬峯、段譽、虛竹、游坦之和慕容復。其中三人是主角：喬峯、段譽和虛竹。前已言及，喬峯是此書最重要的主角。

喬峯、段譽、虛竹三人，在江湖上起了「鐵肩擔道義」的重要責任。道義在《天龍八部》中有兩個層次：其一，江湖上的道義，公正、仁慈、正義和友誼、友愛、情義等；其二，民族和國家的大義，即引導和帶領江湖群雄維護愛國主義，抵抗外敵入侵，反對民族之間的欺凌和壓迫，反對不義的戰爭。

金庸以《天龍八部》爲書名，即以此語比喻喬峯等三位英雄的維護上述道義的責任。

關於天龍八部，金庸在《天龍八部》卷首〈釋名〉有解釋，頗詳明。《辭海》（一九八九年版）的解釋，可與金庸的〈釋名〉相參照：

天龍八部　佛教天神。守護佛教的諸天和龍神等八部的合稱，其名為：⑴天眾；⑵龍眾；⑶夜叉；⑷乾達婆；⑸阿修羅；⑹迦樓羅；⑺緊那羅；⑻摩呼羅迦。其中以天、龍居其上首，常舉「天龍」以概括，故名。

而任道斌主編《佛教文化辭典》（浙江古籍出版社一九一九年版）釋「天龍八部」，又稱「龍神八部」，即「八部眾」，「護法神名。爲佛教護法的雜牌隊伍，共分八類，故名。」都指出金庸〈釋名〉中未提及的天龍八部的守護佛教、護法的功能，以此可知金庸於〈釋名〉最後所說：「只是借用這個佛經名詞，以象徵一些現世人物。」

《天龍八部》中的喬峯，以及段譽、虛竹，這三位義結金蘭的兄弟，實質上即是一支護法即維護江湖道義和民族與國家大義的隊伍，喬峯無疑是三人中名副其實的帶頭大哥。誠如林文勤先生所說：「《天》中的三位主角身分不同，經歷不同，性格不同，但各占一台戲，既前後交錯，又相互映襯，既層次鮮明，又一氣呵成。他的小說的偉大之處並不在此，更重要的是金庸獨創了長篇小說『三維結構』，即⑴歷史視野；⑵人生直線；⑶寓言的境界。（〈金庸與張恨水小說之比較——兼與陳金泉、萬興華先生辯論〉，《通俗文學評論》一九九八年四期）歷史視野，本書前已詳述；喬峯的人生直線，軌跡分明，而寓言的境界，本書的題目即達此境，喬峯和段譽、虛竹以及他們的部下，便是一支龐大的護法隊伍，充分落實了書名的寓意。」

《天龍八部》中的風波三俠，都始終處於驚濤駭浪般的人生、社會和家國的風波之中。他們都掙扎於這塵世風波之中，儘管喬峯不信佛教而其言行符合佛理，段譽深懂佛理而虛竹粗知佛理，三人在精神上有契合佛理的一面，卻都是世俗中人。周泉先生認爲：「作爲世俗的人，他們分別犯了佛門三戒：迂、嗔、痴。整個小說的三條主線是：血仇、孽情、王霸。三人意氣相投，義結金蘭，最後卻戲劇性地得其所終：犯痴的段譽心無大志卻做了皇帝，虛竹了無塵欲卻成爲西夏國的乘龍駙馬，喬峯身懷血海深仇最終草草收場，殺身成仁。」（〈後風格錯覺與言語致幻劑——金庸武俠小說的三重解讀〉，《通俗文學評論》一九九七年二期）是人世間的無限複雜性和眾多偶然性決定了三人的不同命運，其中也有性格的因素。段譽和虛竹性格溫和柔弱，遇事時的態度比較圓轉；而喬峯的性格剛烈，膽量大，進取性強，未免嶢嶢者易折。性格決定命運，此乃千古名言。同時，喬峯無疑是護法隊伍中的中堅力量，爲首人物，他承受邪惡力量的攻擊力也最大，護法過程中如需有人犧牲，首當其衝的必然是喬峯。有形的力量無法消滅喬峯，喬峯是被無形的力量所摧毀的。

吳藹儀《金庸筆下的男女》指出：「《天龍八部》是一部『佛』味很濃的小說，大概金庸有意宣揚佛教的慈悲主張，喬峯的仇恨心若得到化解，他仍可以有機會得到幸福，可惜智光大師以死相諫，蕭遠山與慕容博一同皈依佛法，但喬峯在那時刻，卻是沒可能接受智光的勸諫，與其說這是機會，毋寧說是命運更無情的玩弄。」此論有一定的道理，而更關鍵的是喬峯的護法任務尚未完成，他尚不能金盆洗手，他必須向前奔走。

諸家之評論和金庸之評論

喬峯這個藝術形象，在金庸的全部小說中可以說受到眾口一致的最高評價：

若要由讀者來選金庸小說中最英雄的人物，毫無疑問蕭峯必當選。蕭峯的英雄氣概足以令人為之窒息，他威武之處活像天神下凡一般。

大英雄、真英雄必須有良好的人品心腸，蕭峯無疑是個英雄，在藏經閣中怒斥慕容博的一番說話，真是擲地有聲，……。

——潘國森《話說金庸》

數金庸作品之天下英雄，誰第一？

當然是喬峯。

單論出場的氣勢，就非喬峯莫屬了，且看：……段譽心底暗暗喝了聲采：「……不論江南或大理，都不會有這等人物……」

當然沒有，像喬峯這樣的英雄人物，翻遍了武俠史，恐怕也難找出一個來與之相比。

——薛興國《通宵達旦讀金庸》

論人物眾多、情節複雜，《倚天屠龍記》和《天龍八部》堪稱金庸耗力最大的兩部作品。……一直到要《天龍八部》中造出喬峯，樹立武俠人物中意氣最豪，頂天立地的悲劇英雄典型……。

喬峯是武俠作品裡，一位空前絕後，最後一個引人泣下的英雄人物！

——郭明福〈俠情〉、《諸子百家看金庸》之一

武俠小說裡最碩大無朋的身影——蕭峯。

蕭峯是頂天立地的男子漢，不為美色、名利、權勢所動，一向光明磊落，不屈不撓，行事只求義所當為，武功天下無敵，結果，他受命運播弄得最令人怵目驚心。

蕭峯是《天龍八部》中一個堂堂正正、光明磊落的英雄，也是金庸筆下寫得最成功的一個人物，他的大仁大義，在命運的扭轉下變成了大奸大惡

……。

……且看喬峯獨拼丁春秋、慕容復、游坦之這當世三大高手之一場，真令人為他的神威勇氣而震懾。

不過，喬峯雖然神武，但剛極易折，終於活不長久，反不如段譽、虛竹，不爭先不好勇，活得比較如意長久。

——溫瑞安《〈天龍八部〉欣賞舉隅》

《天龍八部》這部武俠小說中有名的經典之作被許多人視為金庸作品中最「好看」的作品，無疑僅趣味性而言是十五部小說中最強的一部。……主角段譽與虛竹的遭遇有很強的機遇性，充滿機智的幽默。慕容復與游坦之的命運卻取決於他們不同的人生觀點和人生態度。……只有蕭峯是個例外，他的意義遠遠超出他身邊的人。

蕭峯的用意在今人看來十分簡單。他只是想阻止宋遼雙方開戰，以免兵凶戰危、生靈塗炭，他只是想提倡人道的和平，呼籲停戰。……蕭峯死後勝利果實被宋國官僚、皇帝所剽竊，他沒有得到這個世界任何真正意義的承認。所謂英雄寂寞，壯士悲歌，一個真正的清醒者在污濁之世是無以容身的，譬如布魯諾宣布悟出宇宙間的真理，他被需要利用愚昧來控制人民的統治者們綁在鮮花廣場焚燒。然而童話作家金庸沒有讓世界去殺害他，卻讓他自己選擇了死亡，這樣的結局點出忠君思想的歷史限制，更主要是因為千古艱難唯一死，決斷的自殺將他的人格力量推向前所未有的高度。也只能是這樣，不能讓這充滿愚昧的世界來吞噬他。

——嚴偉英《金庸小說創作的思想歷程》

《天龍八部》裡的喬峯是一個武藝高強、聰明過人、剛直不阿而又善解人意的俠義英雄，然而，喬峯的遭遇極為悲苦，是金庸小說中最突出的一個悲劇人物。……父輩的冤孽和民族的戰爭使喬峯只能成為悲劇中的主角。一個近乎完美的英雄豪俠無奈地走向死亡，這也就是把有價值的東西毀滅給你看所產生的那種悲壯之美。

——盧玲《論金庸小說人物形象的悲劇美》

《天龍八部》是金庸另一個高峰之作，是金庸最博大精深的巨著。天龍寫得最著力、而又最成功的地方是人性的描述和人性際遇的可悲可歌。

作者藉小說寫出天人角力、世情得失無端，寫人算不如天算、謀者不得、得者不謀，寫出各人不同的背負、不同的因緣和不同的脆弱，精彩故事中，夾滲著不少人生哲理，所以個人認為天龍是一部成就至高的人性小說。

——楊興安《金庸小說風格的嬗變和文學意境》

一個人數十年來堅信不多的觀念一旦完全破滅並不是每個人都承受得起，也只有蕭峯如此英雄方能抵受得住。

不過作者要突出扭曲了的民族大義可以怎樣將人壓迫，自不能不讓蕭峯自戕。

如果說《射鵰英雄傳》和郭靖宣揚了民族大義，激勵了讀者的愛國情懷，那麼《天龍八部》和蕭峯卻對民族大義作出極深入的反省，警告讀者野心家如何張起民族大義的旗幟去尋找權力，博取身後名。

——潘國森《話說金庸》

……喬峯扭轉形勢所靠的是他的頭腦、眼光、處事方法、他自己素日在丐幫建立了的威望，包括他公正嚴明的聲譽。

用西方術語說，喬峯有charisma（領袖人物感人的超凡魅力），有一股懾人的氣魄。

（在金庸小說所描寫的諸英雄中）只有喬峯幫主是名至實歸的領袖人物。諷刺的是，他的領袖天分發揮得最淋漓盡致的時刻，也是他發揮這個天分的最後一次。

最合我意之處是，金庸寫喬峯是好人，卻不是笨人，寫他既具深情，亦極度理智。「君子可以欺其方」，但在個性上，喬峯完全沒有可以被攻擊的弱點，先前男主角的弱點，金庸在喬峯身上一一改正；先前男主角的優點，金庸在喬峯身上一一加強。

——吳靄儀《金庸筆下的男女》

以上薈萃眾多評論者的主要觀點，可見《天龍八部》和喬峯是金庸小說乃至自由武俠小說中受到最高評價的作品和人物。

金庸對喬峯的評價，本書緒論已經引及。

此外，金庸本人又曾說過：「男主角郭靖、楊過、喬峯、韋小寶這四個我想是最重要的。」（于砙《赤子衷腸俠客行》）又曾說：「在我自己所創造的人物裡面，我比較喜歡楊過、喬峯兩個人物，對他們的同情心最大。」（林以亮等《金庸訪問記》）金庸數次談及自己最喜歡的筆下人物，人數頗有差異，而喬峯總在其中。有採訪者轉述金庸對喬峯的評論說：

以《天龍八部》為例，各主要人物都有不同的性格描寫。眾多的人物裡，金庸最喜歡喬峯。喬峯的人格偉大，性格完美，在現實生活裡是做不到的，也找不出這樣的人物。金庸透過自己的筆描繪出完美的喬峯，間接也滿足了自己的欲望和理想。（小甜甜《訪問金庸》，香港電視週刊）

大英雄的本色和表現

金庸將喬峯描繪成一位頂天立地、超凡拔俗的大英雄。

首先寫出了大英雄的本色：蕭峯在少林寺遇到功力比自己強得多的生平唯一敵手——無名老僧時，自愧不如，躬身向他檢討：「在下蠻荒匹夫，草野之輩，不知禮儀，冒犯了神僧，恕罪則個。」

那老僧微笑道：「好說，好說。老僧對喬施主好生相敬，唯大英雄能本色，蕭施主當之無愧。」

英雄不怕出身低，大英雄自己承認出身低，缺點多，便是「唯大英雄能本色」，待人忠誠懇直。猶如漢文帝剛接皇位，南粵王趙佗不服漢室，擬自稱帝，文帝去信勸阻，信中自我介紹說：「朕，高皇帝側室之子。」自稱是小老婆養的，不諱言自己出身的卑賤。信中言辭懇切，使這位年邁的南疆諸侯非常感動，馬上服膺稱臣。

更重要的是寫出了大英雄的諸種表現，給讀者以很大啓示。

一是有高強的武功。一個人在世上沒有本事不行。從事任何專業或職業，本領大，便出類拔萃。喬峯武功之高，只有其父蕭遠山可以媲美，只有掃地老僧能夠超過。

二是有高尚的品德。他憂國愛民，帶領丐幫幫眾行仁義之事；心地善良，不殺無辜，寬容待人；生活儉樸，衣著素樸；性格沉穩，能忍讓，有器度；講究禮義，又豪邁豁達，不拘小節。

三是他得道多助，對朋友又極講信義。

因此，喬峯的朋友遍天下。

喬峯所處的時代，今日中國之版圖分治爲宋、遼、西夏、吐蕃、大理五國和女眞族（後來發展爲金國）。

喬峯作爲書中的主人公和最傑出的英雄人物，處於書中重大事件的中心，所以他的朋友最多，布地也最廣，可謂他的朋友遍天下。

喬峯在宋地朋友最多，丐幫的舊日兄弟除少數陰謀廢除他幫主之位者外，直到最後還是他的朋友；另有少林諸僧和天下群雄。遼地以遼帝爲首的朝中朋友不少，女眞族有阿骨打和他的屬下。大理國有段譽和他的屬下。西夏國有駙馬虛竹，公主最後也隨夫前來遼國一起救他。只是宋遼群雄因喬峯的身世複雜而忽友忽敵，有所變化，但最終仍都是他的朋友，此乃喬峯之一奇。

四是英雄虎膽，不避任何險境，敢於奮勇搏鬥。

喬峯所處環境之險惡，還表現在他面臨的勁敵之眾多、之高強、之陰險毒辣，皆登峰造極，爲金庸小說中眾多大俠之最。在聚賢莊上，他被天下群雄三百餘人包圍，決生死之戰；到少室山上時，到場的敵手已有天下群雄數千人之眾。此爲敵手之眾多。其敵手之高強，在少室山上現身的有以玄慈方丈爲首的少林眾高手；武功、內功的頂尖人物丁春秋、慕容復、游坦之三人合力，與喬峯作生死搏殺。又曾在遼帝身邊，被數十萬叛軍的包圍。他都義無反顧地勇敢搏鬥並克敵制勝。

但是金庸並未拔高喬峯的氣魄，也寫出他的心靈脆弱之處。如他遭受不白之冤，江湖上傳說他是殺害父母、師父的禽獸，他一時不由得萬念俱灰。

五是有大英雄的表率榜樣作用。

一個大英雄，他的智慧、魄力和人格魅力，在大風大浪中能薰陶、培育出別的英雄或一批英雄。喬峯即如此。這便是領袖人物的作用。蕭峯在少室山上面臨天下數千豪傑、強手，他身陷重圍，首戰即三招之間逼退當世的三大高手，但久戰勢必寡不敵眾。段譽眼見各路英雄數逾千人，個個要擊殺義兄，不由得激起義俠之心，決意和蕭峯同死。他平時怕死，遇戰必逃，又鍾情王語嫣，願為她貢獻一切，甚至懇求敵手寬恕，此時他為義兄喬峯，指斥慕容復，又不管自己不會武功，主動挑戰並打得慕容復醜態百出，一敗塗地，全不管王語嫣的氣、怒。他在蕭峯的豪氣帶動之下，發生質變，由書生轉化為大俠，溫瑞安先生說得好：「段譽俠義心腸、明辨是非，所以大關節上，他是有所為、有所不為。這次站出來跟蕭峯對抗天下群豪，使他由一個書呆子、糊塗蟲，宅心仁厚、多情種子搖身一變，成為了臨大節而挺身衛道的俠義之士。」（《〈天龍八部〉欣賞舉隅》）隨段譽之後，虛竹也挺身而出，與蕭、段一起慷慨赴義。虛竹本與段譽一樣，呆氣十足。他一心只想修行，胸無大志，遇事糊塗，膽小怕事。此時他向蕭峯宣稱：

「大哥，這星宿老怪害死了我後一派的師父、師兄，又害死我先一派少林派的太師叔玄難大師和玄痛大師。兄弟要報仇了！」他因心折於蕭峯的英氣逼人和有感於段譽顧念結義之情，甘與共死而激發豪情，拋開安危生死、清規戒律，主動請纓，出手擊敵。經此一戰，虛竹亦成江湖名俠。

至於丐幫大眾，更是如此。當年喬峯爲幫主，丐幫以俠義爲宗旨，蜚聲江湖。凡遇強敵，他身先士卒，戰無不勝。丐幫被整頓得好生興旺。待喬峯辭去幫主，退出丐幫，正好西夏武士來挑釁，丐幫全軍覆沒。丐幫此後連遇挫折，每人心底卻都不免隱隱覺得：「只要他做咱們幫主，丐幫仍是無往不利，否則的話，唉，竟似步步荊棘，丐幫再也無復昔日的威風了。」

六是不貪名聲。喬峯爲人謙謹，不戀聲名。有的人留戀名聲，甚至貪天之功以爲己之功。而喬峯則居功不傲。

七是不戀權位。他辭去幫主，如棄草芥。他幫助遼帝平亂之後，遼帝封他官職，他堅不肯受，後來推辭不成，才勉強就職。

八是不戀金錢。他生擒耶律洪基後，女眞族首領勒逼巨額償金，蕭峯卻無條件釋放洪基。洪基回遼後送來大批金銀牛羊，蕭峯全部轉贈女眞族眾人。

九是不貪戀武經。阿朱從少林寺中盜出珍貴的《易筋經》，她向喬峯介紹慕容博對此書的評價：「其實少林派眞正的絕學，乃是一部《易筋經》，只要將這部經書練通了，什麼平庸之極的武功，到了手裡，都能化腐朽爲神奇。」阿朱將此經鄭重相贈，蕭峯推辭不要，後聽從阿朱勸說，翻閱、見識一番，發現全是梵文，無法看懂，蕭峯勸道：「得失之際，那也不用太過介意。」

十是不戀女色，卻又忠於愛情。喬峯從小不喜歡跟女人在一起玩，年長以後，更沒功夫去看女人了，即使美貌女子也從不去留意。洛陽百花會上，人人傾倒於馬夫人的美色，只有喬峯對她視而不見。

喬峯終於與阿朱相愛，此乃命運所賜。

有位詩人說過：世上心與心之間的路很難走，唯有艱難，才能顯得理解的寶貴。

喬峯因患難造成的特殊機遇，與阿朱相處，與阿朱互相達到徹底的理解，患難見眞情，從而衷心相愛。大英雄也應是性情中人。

喬峯雖是一位大英雄，在心靈上卻也害怕孤獨，渴望得到心靈上的慰藉和交流。阿朱柔情萬方，卻又善解人意，與喬峯心靈相通。如喬峯在智光大師處忽然獲知自己乃是契丹一族，一時之間，百感交集，出神半晌，轉頭對阿朱喟然道：「從今而後，我是蕭峯，不是喬峯了。」阿朱道：「是，蕭大爺。」簡短答語，令人感動。難怪蕭峯與阿朱定情後感到無尙幸福：「蕭某得有今日，別說要我重當丐幫幫主，就是叫我做大宋皇帝，我也不幹。」喬峯於阿朱死後，永不忘懷，極爲難得。

從「俠之大者」到「俠之聖者」

論者對喬峯的總體評論，都認同金庸自己的觀點，即大俠。除前節已引及的諸家觀點外，最新發表的觀點依舊如此。如中國現代文學研究會會長嚴家炎教授據他在北京大學開設的「金庸小說研究」課的講稿整理、增補而成的專著《金庸小說論稿》（北京大學出版社一九九九年一月第一版）有〈郭靖、喬峯：「大俠」

的典範與「義」的新提升〉一節，講到：

而這些人物中，金庸又大致把他們分成兩類：以令狐沖、胡斐為代表的一類，以郭靖、喬峯為代表的又一類。這後一類，金庸稱之為「大俠」。

又認爲：

寫得比郭靖形象更深厚、更豐滿、更有力度的，是喬峯。他身上體現出的浩然正氣和凜然大義更為感人。……小說作者從逆境中塑造喬峯形象，寫出他內心的巨大痛苦和性格中的種種過人之處：果斷而又穩重，寬厚卻有原則，豪邁而不失細心，剛毅又內蘊深沈感情，令讀者真正感到信服。喬峯在慕容博之流挑動的宋、遼民族殘殺中，不但失去了丐幫和武林中的許多朋友，而且失去了自己的心上人阿朱，還親眼目睹了宋、遼雙方的無辜人民都經受了遭虜掠、被殺戮的慘重苦難。這些血淚經歷使喬峯終於超越狹隘的民族立場，堅定地為宋、遼兩方的平民百姓著想，放棄了「非我族類，其心必異」之類想法。即使回到遼國以後，他也抵制和反對遼國皇帝侵宋的戰爭，迫使遼國皇帝收回成名，自己則在雁門關前悲壯自盡。喬峯的自殺，是對那些為了一己私利而挑動民族相鬥、使百姓遭殃的不義的戰爭的有力控訴，也使他得到丐幫許多好漢和宋、遼廣大百姓的尊敬。丐幫吳長老當場就搥胸大哭，說：「喬幫主，你雖是契丹人，卻比我們這些不成器的漢人英雄萬倍！」喬峯是郭靖之外另一個「俠之大者」的代表。在喬峯身上，體現了作者金庸對中國這個多民族國家應該怎樣處理好民族關係的深沉思考。（頁四十一～四十二）

精闢而全面地評論了喬峯這個大俠的藝術形象，又評論喬峯高於郭靖之處。我認爲，郭靖終生得黃蓉之臂助，在心靈和事業上都有妻相助，而喬峯獨立蒼茫，孤身奮鬥，更爲不易，極爲不易。

的確，《天龍八部》中的喬峯，是武俠中登峰造極的人物；他不僅是金庸藝術道路上一部高峰式巨著中的傑出藝術創造，而且更體現出金庸面臨數千年來人類的激烈爭端，尤其是二十世紀的兩次世界大戰、兩次大戰以後的冷戰和形形式式的民族爭端，所寄托的能消弭戰禍、化干戈爲玉帛的理想人物。

葉萱〈金庸的俠路歷程〉（《中華讀書報》一九九九年三月十日）說得好：

若從歷史的眼光看，中國俠意識的成型是自司馬遷始。從司馬遷到金庸的二千年間，俠從威重鄉里、與人解紛的「布衣之俠」，到少年豪氣、復仇報國的「幽并游俠」，到梁山好漢的除暴安良，基本上定型在排紛解難、濟人困厄的作為上，清代的公案俠義小說、民國時期的武俠小說，基本上都是遵循著這個俠的原型。

只有到了金庸，排紛解難、除暴安良，不再是俠的全部作為，而是一個俠士的本分，不如此便不足以成為俠，而做到了這些則還遠遠不夠，俠還有更高的理想追求，俠要以天下蒼生為己念，這才是俠之大者。

又評論：「金庸筆下的俠義英雄，從尋常的江湖豪客，到行俠仗義、濟人困厄的一般俠士，到爲國爲民、天下爲懷的大俠，層次是何等的分明！」像這樣的大俠，即使在金庸的小說中，也的確僅有郭靖、喬峯等寥若晨星的個別人物而已。當郭靖與楊過在襄陽久別重逢、聯床夜話之時，郭靖教育楊過說：「我輩練功學武，所爲何事？行俠仗義，濟人困厄固然是本分，但這只是俠之小者。江湖上所以尊稱我一聲『郭大俠』，實因敬我爲國爲民，奮不顧身地助守襄陽，……只盼你心頭牢牢記著『爲國爲民，俠之大者』這八個字，日後名揚天下成爲受萬民敬仰的眞正大俠。」在《射鵰英雄傳》的末尾，成吉思汗躊躇滿志地向兒時好友、現時對手和失敗者郭靖誇耀：「我所建大國，歷代莫可與比。……你說古今英雄，有誰及得上我？」郭靖反駁道：「大汗武功之盛，古來無人能及。只是大汗一人威風赫赫，天下卻不知積了多少白骨，流了多少孤兒寡婦淚。」又教訓這位不可一世的一代天驕說：「自古英雄而爲當世昂仰，後人追慕，必是爲民造福，愛護百姓之人。」此乃爲民立言。葉萱此文因此認爲：「金庸繼承了傳統的俠意識，並發展光大了它。」——

「布衣之俠」到「俠之大者」，這便是金庸的俠路歷程。
在金庸筆下，俠在行為上有了擴大，在人格上有了昇華。
俠在金庸筆下才開始光芒四射。
「俠之大者」是金庸對傳統俠意識的突破與昇華，也是對中國武俠文化
及整個傳統文化的一大貢獻。

又指出：「『爲國爲民』，這才是俠之大者，這才是俠的最高境界。」「天下爲懷，蒼生爲念，這才是俠的最高理想，這也是金庸的俠意識，更是金庸對中國傳統俠意識的突破與貢獻。」還以喬峯爲典型之例：「宋遼開戰，蕭峯所念念於心的，則是蒼生百姓的安危幸福，並以一己之死，換來了宋遼兩國的平安和睦，百姓的安居樂業。遼國百姓免去征戰之苦，蕭峯是爲了民族的利益；天下蒼生得以安然無擾，蕭峯也是爲民造福。這正體現了一個大俠的最高境界。」

此文爲筆者撰寫此書時看到的最新之文，也是學者給金庸筆下的大俠藝術形象及其在文學史、文化史上的貢獻給以最高評價的論文之一。文中的不少觀點頗

爲精當，但對喬峯的評價，我認爲還不夠高。郭靖，可以說是體現了一個大俠的最高境界：他犧牲自己的一切，爲國爲民；又滿懷正義，直斥橫掃亞歐、稱霸一世的絕代梟雄，爲民立言。

而喬峯比郭靖還要高一個層次，他超越了「俠之大者」的最高境界，天外有天，他是「俠之聖者」。他力主宋遼和平，成功地遏制了戰爭，有功於宋遼兩國的百姓和將士——讓他們免當炮灰。蕭峯此時於宋於遼皆可言有功，但他竟自稱：「成爲契丹的大罪人，此後有何面目立於天地之間？」作爲一個勝利者，沒有任何力量可逼迫他，他竟「毫無理由」地硬將罪名拉在自己身上，且言出法隨，立即以自殺謝天下！蕭峯此時此言已遠超出爲民立言的胸懷，而是代天地立言。

爲什麼這樣說？王國維先生在《人間詞話》中講得最精闢：「儼有釋迦、基督擔荷人類罪惡之意。」此言可謂蕭峯之寫照。

王國維《人間詞話》此語，原評南唐後主李煜之詞。李後主詞的不少名篇名句寫出眾生之苦惱，如〈相見歡〉：「自是人生長恨水長東。」〈虞美人〉：

「問君能有幾多愁，恰似一江春水向東流。」「故國不堪回首月明中。」〈浪淘沙〉：「獨自莫憑欄，無限江山，別時容易見時難。流水落花春去也，天上人間。」又如〈烏夜啼〉：「昨夜風兼雨，帘幃颯颯秋聲。燭殘漏斷頻欹枕，起坐不能平。世事漫隨流水，算來一夢浮生。醉鄉路穩宜頻到，此外不堪行。」唐圭璋先生指出：

> 末兩句，寫人世茫茫，眾生苦惱，尤為沉痛。後主詞氣象開朗，堂廡廣大，悲天憫人之懷，隨處流露。王靜安謂：「道君不過自道身世之戚，後主則儼有釋迦、基督擔荷人類罪惡之意。」其言良然。（《唐宋詞簡釋》）

李煜詞多爲戰亂亡國後所寫，他透過抒寫自己亡國之痛苦，反映出眾生的苦惱。眾生苦惱中，最苦惱的是戰爭。故而千古名言有：「寧爲太平犬，莫爲亂世人。」英國大作家王爾德認爲：「戰爭是煩擾人類的最大瘟疫。」（《作爲藝術家的批評家》）雨果在《悲慘世界》中說：「戰爭是人類在不由自主的情況下對人類進行侵犯的行爲。」

釋迦牟尼和基督耶穌，爲受苦受難的天下蒼生探索救生之道，不惜犧牲個人一切，試圖普救眾生。他們研究人類的罪惡之源是私欲。他們爲人類的罪惡尋求解救之道，而犧牲自己，所以說他們「擔荷人類罪惡」，有悲天憫人的胸懷和宏願。

蕭峯在成功地阻止住宋遼戰爭後，試圖以自殺這個令人震驚的行爲喚醒發動戰爭的暴君的良知，以天下蒼生爲念，遏制戰爭，是人世間最大的功勛。戰爭是人類罪惡中最大規模、傷害最大的一項，喬峯悲天憫人，用自己的生命擔荷起人類的罪惡，以求解脫天下蒼生的這個最大苦惱。

金庸先生說：「我寫武俠小說，其實常把佛家地位放得較高，佛家是最不講回報的；儒家還『以德報德，以直報怨』，佛家完全是犧牲自己。一般講道德，還是佛家地位最高。」（于砚《赤子衷腸俠客行》）

對照此言，可見喬峯在阻止遼宋戰爭的過程中，自始至終做到完全是犧牲自己而不求任何回報，甚至還認爲自己「有罪」。他不像郭靖，以戰爭來抵抗不義戰爭，而是要從根本上鏟除戰爭這個怪物，使之消失於無形。他的這種言行，具有釋迦、基督這兩位聖人擔荷人類罪惡的悲天憫人精神，故而超越「俠之大者」的人生境界，已達到「俠之聖者」的偉大高度。

金庸先生雖然只講「大俠」，未提「俠聖」，但他以佛理塑造喬峯。在塑造喬峯時，不明言佛理，而佛理已在其中。金庸未提「俠之聖者」，卻已成功地塑造出喬峯這個「俠之聖者」。因此當蕭峯、段譽議論戰爭對百姓之殘害時，玄渡嘆了口氣，說道：「只有普天下的帝王將軍們都信奉佛法，以慈悲爲懷，那時才不會再有征戰殺伐的慘事。」蕭峯道：「可不知何年何月，才有這等太平世界。」蕭峯響應此言，是爲俠之聖者之胸襟和遠大理想。

喬峯的缺點和不足

喬峯作爲一位大英雄，固然高尚、偉大，智勇禮義信俱全，但金無足赤，人無十全，他也有自己的弱點、缺點和不足，從而造成人生教訓，提供讀者以借鑒。

首先是酗酒。喬峯自稱越喝酒，勇氣和力氣越大。實際上喬峯沒有酒喝之時，也並不乏勇氣和力氣，照樣可以鬥虎、擒王，與強手搏殺並克敵制勝。在聚賢莊因酒力發作而蠻性發作，身陷絕地未能脫身，差點無謂喪身，酒能誤事誤人，莫此爲甚。

其次是對人心的醜惡、世道的險惡缺乏直視的勇氣。喬峯雖在江湖上經歷過許多大風大浪和生死搏鬥，閱歷深厚，但往往敵我分明，在他的生活環境中，則常處於溫馨的心理狀態中。他自小受到養父母溫情的呵護，對他這個小孩子特別尊重禮敬；後來又輕易得到兩位名師即玄苦和汪劍通的傾身教誨；遇上什麼危難，總是逢凶化吉，許多良機又往往自行送上門來，總有有力人物在暗中扶持；當上丐幫幫主後，周圍的丐幫上層人物極力扶助、支持他，他一直沐浴在友誼的陽光中，其中雖有個別陰險人物，亦因大勢所趨而不敢輕舉妄動，隨意暴露。所以在心靈上缺乏歷練，有時未免顯得脆弱。如他帶著阿紫北走途中，幫助阿紫鬥敗她的大師兄，阿紫非常得意。「蕭峯在白雪映照之下，見到她秀麗的臉上滿是天眞可愛的微笑，便如新得了個有趣的玩偶或是好吃的糖果一般，若非適才親眼目睹，有誰能信她是剛殺了大師兄，新得天下第一大邪派傳人之位。蕭峯輕輕嘆息一聲，只覺塵世之間，事事都是索然無味。」

阿紫因命運的作弄，年幼時已陷入丁春秋的星宿派黑幫，她不管偷不偷神木王鼎，她要脫離此幫便要落入被追殺的天羅地網。蕭峯對她手不容情，殺死大師兄很不理解，阿紫認爲他是明知故問，後來又詫異：「這就奇了，你怎麼會不知道？……要是我不殺他，終有一日會給他瞧出破綻，那時候你又未必在我身邊，我的性命自然勢必送在他手裡。我要活命，便殺他不可。」在阿紫詳細說明下，他才弄清這個簡單的道理。此前他看到互相殺戮的世道的險惡，竟「只覺塵世之間，事事都是索然無味」。心靈上受到沉重打擊，產生索然虛無的心理障礙。

正因此，他在確知自己是契丹血統時，差點心理崩潰，又耿耿於不殺漢人的誓言，陷入自我譴責自認有罪的心理誤區，幸得阿朱的開導、安慰和鼓勵，才戰勝自我，重新振奮起來。

在人生道路上，缺乏正反兩方面的教育，在心靈上就比較脆弱、軟弱。

其三，「當局者迷，旁觀者清。」「事不關心，關心則亂。」喬峯思維周密，處事妥善，但仍未能避免這兩句格言所指出的錯誤。

馬大元被殺害，江湖上都盛傳是慕容復所爲，喬峯不輕信傳言，堅持調查考察，弄清事實眞相。又根據風波惡與鄉下人嘔氣時毫不恃技逞強，在受辱之餘不傷無辜，推及慕容復不是凶手，並告誡幫眾：報仇之事，不必急在一時。須當詳加訪查，提到眞凶。倘若單憑胡亂猜測，殺錯好人，眞凶卻逍遙自在，被人偷笑自己無能。但他對馬夫人咬段正淳爲凶手，因事關自己的冤屈和報仇，卻未能沉住氣，調查推究，貿然下手，鑄成大錯。阿朱也是如此，一聽生父是凶首，喪失了自己的智慧和靈氣，輕信敵人，不作反覆推敲，陷入思維誤區，與喬峯共同鑄成無可挽回的大錯。

其四，他天生異稟，是學武的奇才。他的這等武學天賦實是與生俱來，非靠傳授與苦學所能獲致。蕭峯自己也說不出所以然來，只覺什麼招數一學即會，一會即精，臨敵之際，自然而然有諸般巧妙變化。但除了武功之外，讀書、手藝等等都只平平而已，也與常人無異。作爲一位大俠，手藝平平，一般來說並無大礙。而讀書平平，吃虧就大了。

有道是：讀書明理。蕭峯如能多讀書，文武雙全，便可增加更多見識，明白眾多事理。如果死讀書，讀死書，這樣的書呆子，便即所謂「百無一能是書生」。如果善於讀書，善於思索，那麼就「秀才不出門，能知天下事」。蕭峯不善讀書，便限制了自己的發展，不能發揮自己的更大作用。我們看《天龍八部》中喬峯的整個人生歷程，經常陷於彷徨、痛苦和人生的無可歸依的茫然之中，此乃不善讀書之過。他也因此而無法理解智光大師和掃地老僧的佛理啓示，故而未能避免阿朱和自己的毀滅、阿紫的毀滅。

總之，喬峯的以上三條缺陷，也能給讀者以很大的啓示，值得我們深長思之。

至於個別論者對蕭峯在《天龍八部》中的重大事件中的表現給以苛求，求全責備，則不可取。喬峯畢竟是一位俠者的藝術形象，他不是一位成熟的政治家，我們不能要求金庸將他寫成面面俱到、深思熟慮的完人，天下也沒有這樣的完人。

附錄 喬峯大事紀表

一歲，父母抱他去外婆家赴宴時，遭到漢人武林高手的襲擊。母親被殺害，父親蕭遠山跳入深谷；他被汪劍通、玄慈和智光帶到中原，寄養於少室山下農戶喬三槐夫婦處，改姓養父母之喬姓，稱喬峯。

七歲，在少室山中採栗，遇野狼。少林寺僧玄苦救出喬峯，給他治傷；自後又每晚下山來傳他武功，風雨無阻。

十六歲，遇到丐幫幫主汪劍通，又被汪幫主收爲徒兒。

二十三歲，大宋元豐六年（公元一〇八三年）五月初七日，接任丐幫幫主。

三十一歲，三、四月間，到江南偵查副幫主馬大元被殺之眞相，在無錫松鶴樓與段譽比酒並結義爲兄弟。

同日，在杏子林中，丐幫聚會。大智分舵舵主全冠清圖謀變亂。在他的策劃下，馬副幫主的夫人前來咬住喬峯殺人滅口，殺害她的丈夫，盜走馬副幫主保管的汪幫主遺書；智光大師前來回憶三十年前雁門關外喬峯父母被害經過、揭發喬峯的身世。喬峯被指認爲契丹武士蕭遠山之子，喬峯被迫辭去幫主之職，並離開了丐幫。

當日，西夏武士來襲，喬峯救出阿朱、阿碧。阿朱喬裝喬峯，施計救出丐幫眾人。喬峯回救丐幫幫眾，幫眾已被救出，並感謝喬峯相救；喬峯不知阿朱扮己相救之事，他與幫眾有了誤會。

喬峯趕到少室山，想向喬三槐夫婦、玄苦大師問明身世眞相，卻因他們被殺而被誤指爲凶手。在少林寺中他救出受重傷的阿朱，並獨闖聚賢莊，與群雄惡戰，被黑衣人救出。

喬峯到雁門觀察看父母遭難之處，與阿朱重逢，兩人同到河南、山東和江南等地，又因智光大師等眾多證人喪命而無法查明身世眞相。喬峯在天台山改回本姓，並與阿朱定情。

喬峯、阿朱回到河南，受馬夫人欺騙，喬峯誤殺阿朱；喬峯從馬夫人處又獲知自己被揭身世之眞相。

喬峯與阿紫北上，戰敗摘星子並致其死命；阿紫受重傷，喬峯抱阿紫爲尋人參而到東北長白山。

喬峯與阿骨打結交，在女眞部暫留。

喬峯俘獲和義釋遼帝耶律洪基，兩人結義爲兄弟。

一年半後，阿紫傷好，蕭峯帶她在大草原中遨遊，再逢洪基，又助洪基平叛，被封爲院南大王。

阿紫南下遊蕩，被丁春秋兩次擒獲。蕭峯爲救阿紫，南下少室山。蕭峯與虛竹、段譽力克強敵，蕭峯與生父蕭遠山重聚，父子相認，並瞭解諸人被殺眞相。遠山在少林寺修行，父子訣別。

蕭峯陪段譽、虛竹等去西夏後又回遼國。

宋紹聖二年（一〇九五年），遼帝命蕭峯攻宋，蕭峯勸說不成遭擒。阿紫逃走，領虛竹、段譽和丐幫、少林寺群雄救出蕭峯。蕭峯逼使遼帝答允南征作罷後自盡。

阿紫抱著蕭峯遺體，跌入深谷，兩人從此永不分離，葬身崖底。

喬峯的人生哲學

武俠人生叢書 I

作　　者／周錫山
出 版 者／生智文化事業有限公司
發 行 人／林新倫
總 編 輯／孟　樊
登 記 證／局版北市業字第677號
地　　址／台北市文山區溪洲街67號地下樓
電　　話／(02)2366-0309 2366-0313
傳　　真／(02)2366-0310
E - mail／tn605547@ms6.tisnet.net.tw
網　　址／http://www.ycrc.com.tw
郵政劃撥／1453497-6 揚智文化事業股份有限公司
印　　刷／科樂印刷事業股份有限公司
法律顧問／北辰著作權事務所　蕭雄淋律師
ISBN／957-818-145-0
初版一刷／2000年8月
定　　價／新臺幣250元

北區總經銷／揚智文化事業股份有限公司
地　　址／台北市新生南路三段88號5樓之6
電　　話／(02)2366-0309 2366-0313
傳　　真／(02)2366-0310

南區總經銷／昱泓圖書有限公司
地　　址／嘉義市通化四街45號
電　　話／(05)231-1949 231-1572
傳　　真／(05)231-1002

國家圖書館出版品預行編目資料

喬峯的人生哲學／周錫山著. - - 初版. - - 臺
北市：生智　，2000〔民 89〕
面：　公分. - -（武俠人生叢書；1）

ISBN 957-818-145-0（平裝）

1.金庸—作品研究 2.武俠小説—評論

857.9　　　　89007210